비블리온

BIBLION
비블리오

문지혁 장편소설

위즈덤하우스

Per ardua ad astra.

아버지께

차례

빈 서재

통합세기 33년 9월 21일
수요일

모든 것이 사라졌지만 단 하나가 남아 있었다.

천천히 셋을 세고 나서, 나는 오른쪽으로 열쇠를 돌렸다.

1

    텅 비어 있다는 것만 빼면 집은 예전 그대로였다. 좁은 거실도, 낡은 부엌도, 부모가 안방으로 쓰던 침실과 내가 쓰던 작은 방도 여전했다. 생기를 잃어버린 집은 부검대에 올려진 시체처럼 무뚝뚝하게 나를 맞았다. 나는 천천히 집 안을 둘러보다가 마침내 복도 끝에 있는 그 방으로 향했다. 어쩌면 그 방으로 가기 위해 온 집 안을 돌아야만 했던 건지도 몰랐다. 수천 번도 더 걸어 다녔던 복도였지만 문에 가까워질수록 이상하게 마음이 요동쳤다. 아버지. 이제는 없는 그의 그림자가 유령처럼 나를 따라다니는 것 같았다.

서재.

늘 잠겨 있던, 나에겐 금지된 세계였던 곳. 한때 동경했고 오래 미워했던, 그리고 끝내 내 인생 저 멀리로 사라져버린, 아버지의 방.

문 앞에서 한참을 멍하니 서 있었다. 그러다 주머니에서 어머니가 건넨 구식 열쇠를 꺼냈다. 알파벳 B가 새겨진 원형 고리 아래서 열쇠 두 개가 달랑거렸다. 자세히 보니 두 열쇠는 미세하게 모양과 크기가 달랐는데, 어머니는 무엇이 서재 열쇠인지 말해주지 않았다. 대신에 그녀는 말했다.

조심해야 한다.

뭘 조심하라는 걸까? 오래된 문 앞에서 나는 어머니가 생략한 목적어에 대해 생각했다. 이 문을 열지 말아야 하는 걸까? 이 안에 뭐가 있기에? 그렇다면 애초에 열쇠를 주지 않았으면 될 일이다. 나는 순간적으로 그냥 뒤돌아 이곳을 빠져나가고 싶은 충동을 느꼈다. 더 이상 정부에 밉보이는 짓을 하는 건 지긋지긋하다. 바보 같은 짓은 아버지 하나로 충분했다. 대가는 언제나 남겨진 사람들이 나누어 진다. 그때부터 지금까지. 아니, 그때부터 죽을 때까지.

나 임신했어.

아내가 했던 말이 떠올랐다. 나의 새로운 가족인 그녀는 그 말을 하면서 활짝 웃었다. 나는 그러지 못했다. 그 말은 곧 우리가 지금 살고 있는 아파트에서 나가야 한다는 뜻이었다. 2인용 아파트에서 3인이 사는 것은 엄연한 불법이며, 적발되면 벌금과 징역이 부과될 수도 있다. 정부에 고용된 아내와 나는 개인 평가에서 좋지 않은 평점을 받거나 심한 경우 직장을 잃게 될지도 모른다. 지금 형편으로는 다른 집을 구하기 어려운 게 사실이다. 돈도 없고 신분도 낮다. 구차한 얘기지만, 아내와 내가 속한 4급은 범죄 기록이 전무한 일반인이 받을 수 있는 등급 중 가장 낮은 등급이다. 취업도 이사도 대출도 노후도 모두 어렵다.

어머니한테 가봐.

집을 걱정하는 내게 아내는 말했다. 얼마 전 만 70세를 넘긴 어머니는 평생 살던 집을 떠나 노약자 거주 지역으로 이사한 상태였다.

그렇다면 거기로 들어가는 수밖에 없지 않겠니.

내가 찾아갔을 때 어머니는 어딘지 체념한 듯한 말투로 말했다. '거기'란 자신이 얼마 전까지 혼자 살던 집을 뜻했다. 그

곳은 내가 태어나 기숙학교에 입학해 떠나기 전까지 살던 집이기도 했고, 아버지의 유일한 흔적이 남겨져 있는 집이기도 했다. 위치가 외지고 동네도 좋다고는 할 수 없으며 집 자체도 오래되어 낡았지만, 어쨌든 3인 가구용이긴 했다. 이것저것 따질 만큼 여유로운 상황은 아니었으므로 나는 어머니가 내주는 열쇠 꾸러미를 받았다. 낡고 냄새나는 작은 금속 조각들은 그 자체로 우리 가족의 현실을 드러내는 것 같아 부끄러웠다.

아내와 어머니의 얼굴을 차례로 떠올리며 나는 열쇠를 만지작거렸다. 아무것도 없는 방만 확인하면 되는데 문을 열기가 꺼려졌다. 대체 뭐가 두려운 걸까. 서재일까, 아니면 방 어딘가에 남아 있을지 모르는 아버지의 흔적일까. 혹 잠겨진 문 밖에서 하염없이 서재 쪽을 바라보던 어린 시절의 나는 아닐까. 어머니는 아무 말도 하지 않았지만, 어쩌면 정부는 아직도 이 서재를 감시하고 있는지도 모른다. 조심하라는 말의 뜻은 그런 게 아닐까. 이런저런 생각에 마음이 복잡해지자 더 내키지가 않았다.

나는 열쇠를 꽂는 대신 무릎을 꿇고 열쇠 구멍 사이로 눈을 가져다 댄 다음 뭐가 보이는지 들여다보았다. 당연히 아무것도 보이지 않았다. 그럴 리가 없지. 누군가 나를 지켜보고 있다면 이쯤에서 크게 비웃었을 것이다. 구멍에서 눈을 떼고 일어나려다가 이번에는 충동적으로 코를 갖다 댔다. 어차피 바보 짓을 하는 김에 더 나가보자는 심산에서였다. 그런데 코끝에서 어떤 냄새가 희미하게 느껴졌다. 나는 몸을 더 밀착하고 코끝에 온몸의 감각과 신경을 집중했다. 냄새가 아까보다 더 분명하게 느껴졌다. 그건 어릴 적 아버지가 서재 문을 열고 닫을 때마다 흘러나와 나를 유혹하던 향기였다. 박제된 식물의 향. 나뭇조각과 종이와 펄프의 냄새. 오래된 책들의 신전에서 피어오르는 연기.

나는 홀린 듯 일어나 다시 열쇠를 꺼냈다. 두 개의 열쇠 중 더 커 보이는 것을 먼저 구멍에 집어넣었지만, 열쇠는 들어가는 것조차 버거웠다. 3분의 1쯤 들어간 열쇠는 꽉 끼어 더 이상 움직이지 않았다. 이번에는 작은 것으로 도전했다. 작은 열쇠는 큰 열쇠와 달리 자석이 끌어당기는 것처럼 구멍 속으로 빨려 들어갔다. 기다리고 있었던 것처럼 꼭 맞았다.

오른쪽으로 열쇠를 돌리기 전에 나는 잠시 심호흡을 했다. 인정하고 싶지 않았지만 어느새 심장이 거세게 뛰고 있었다. 속으로 숫자를 세면서 하나, 둘, 셋, 하고 열쇠를 돌렸다.

그러자 딸깍하는 소리와 함께 문이 열렸다.

2

가로가 더 긴 직사각형의 방 안에는 퀴퀴한 먼지 냄새와 오래된 나무 향 같은 것이 떠돌았다. 사방에는 나무로 만든 책장이 둘리어 있었는데, 장 속은 모두 텅 비어 있었다. 책장이 앞쪽에 난 두 개의 창문을 모두 가려버리는 바람에 밖은 보이지 않았지만, 아직 남아 있는 오후의 햇빛이 장과 장 사이 틈으로 스며들어 바닥에 기다란 빛과 그림자를 만들었다. 잠깐 서 있었을 뿐인데도 재채기가 나올 것처럼 코끝이 간지러웠다.

나는 가운데 덩그러니 놓인 책상 쪽으로 걸어가 의자에 앉았다. 아버지가 앉던 자리였다. 어린 시절 몰래 서재 문을 열면 그의 좁은 어깨와 구부정한 등이 보였다. 아이였던 내 눈에 그가 앉은 자리는 높다란 왕좌 같았고, 사방에 가득 찬 책들은 수만의 군사처럼 위압적이었다. 문 앞에서 넋을 잃고 미지의 세계를 구경하는 나를 발견하면 아버지는 고개를 반쯤 옆으로 돌리며 말하곤 했다.

닫아라.

아버지는 늘 서재 문을 잠갔다. 외출할 때는 물론이고 집에 있을 때조차도 그랬다. 지금도 마찬가지지만 그때도 나는 그런 아버지를 이해할 수 없었기 때문에, 틈만 나면 그 안을 훔쳐

보려고 했다. 화장실에 가거나 뭔가에 집중했을 때, 때로는 단순한 건망증으로 아버지는 문 잠그는 것을 가끔씩 잊곤 했으니까. 집 안을 오가며 아버지 서재의 문고리를 돌려보는 것은 나에게 일종의 놀이나 다름없었다. 우연히 돌린 문고리가 달그락하는 소리를 내며 맞춰질 때는 묘한 쾌감을 느꼈다.

딱 한 번 그 안에 들어가본 적이 있다.

대개는 문이 열려도 곧 앉아 있는 아버지에 의해 제지되곤 했지만, 그날은 서재에 아무도 없었다. 아버지가 없다는 사실에 나는 잠시 주저하다가 금기의 세계로 조심스레 입장했다. 한 걸음 떼었을 뿐인데 사방을 가득 채운 책들이 감시 카메라처럼 나를 내려다보는 것 같았다. 나는 아버지가 돌아올 때까지 주어진 짧은 일탈의 시간 동안 아무 책이나 꺼내 들추면서 종이책을 만졌다. 아마 내 동년배들 중에는 종이책을 직접 만져본 사람보다 시체를 만져본 사람을 찾기가 더 쉬울 것이다. 부드러우면서도 까끌까끌하고 평평하면서도 날카로운 낱장들의 감촉이 지금도 떠올릴 수 있을 만큼 선명하게 손끝에 새겨졌다. '나는 지금 종이책을 만지고 있다'와 '아버지는 곧 돌아온다'는 두 가지 사실 때문에 내 심장은 최고 속도로 뛰었다. 얼마 지나지 않아 아버지는 돌아왔고, 그는 자신의 방에서 길을 잃은 아들에게 말했다.

나가라.

의자에 앉은 채로 나는 오래전 나를 압박하던 두 개의 문장을 떠올렸다. 나는 지금 종이책을 만지고 있다. 아버지는 곧 돌아온다. 이들은 더 이상 유효하지 않다. 지금은 종이책을 만질 수 없고, 아버지는 결코 돌아오지 않을 것이므로. 서재는 좁고 어둡다. 그토록 높아 보이던 의자는 낮고 낡았다. 내 눈에 커 보였던 아버지도 아마 실제로는 작고 왜소한 사람이었을 것이다. 그런 생각을 하니 마음이 조금 불편해졌다. 순간 문 쪽에서 소리가 난 것 같아 뒤를 돌아보았지만, 거기엔 아무도 없었다.

3

아버지는 내가 열한 살 때 사라졌다.

나는 아직도 그때를 꽤 구체적으로 기억한다. 점심을 막 먹은 오후였고 무슨 이유에선가 학교에 가지 않은 날이었다. 주말이나 공휴일에 흔히 그랬듯 베란다에 앉아 창밖을 내다보고 있었다. 낮과 밤의 경계가 희미한 날씨. 빛나는 불빛들과 시시각각으로 변하는 스크린들. 잿빛 하늘 속을 이리저리 가르며 분주히 날아다니는 차들. 그때는 그게 세상 전부였고, 어린 내게 세계의 움직임을 관찰하는 일은 경이로움의 연속이었다. 그렇지 않다면 어머니의 타박을 들으면서까지 시간이 날 때마다 거기 앉아서 멍하니 시간을 보내지는 않았을 테니까.

차 한 대가 세계의 규칙적인 움직임을 벗어났다는 사실을 발견한 건 그때였다. 불행은 언제나 패턴이 깨지는 순간 찾아온다는 평범한 진리를 깨닫지 못했던 시절이었다. 나는 패턴을 벗어난 차에 흥미를 느꼈다. 그 차는 마치 나를 알아보기라도 한 것처럼 점점 내 쪽으로 다가왔고, 끝내 집 앞에 내려앉았다. 제복 입은 사내 몇이 차에서 내려 우리 집이 있는 건물로 들어왔다.

잠시 후 벨이 울렸을 때 나는 놀라지 않았다. 마치 그것은 거부할 수 없는 운명처럼 느껴졌다. 나는 하나의 점으로만 보이던 차가 공중에서 패턴을 벗어났을 때부터 이런 일이 일어날 것을 알고 있었던 사람처럼 문을 열어주었다. 문 앞에 검은 경찰복을 입은 사내 셋이 서 있었다.

"민윤식 씨 댁입니까."

내가 고개를 끄덕이자 맨 앞에 서 있던 각진 얼굴의 사내가 뒤쪽 젊은 사내 둘에게 고갯짓을 했다. 그들은 나를 밀치고 안으로 들어가려고 했는데, 왜 그랬는지 몰라도 나는 두 팔을 벌려 그들을 막았다.

"신원 코드는요."

나는 발급받은 지 채 한 달도 되지 않은 UDC(United Digital Communicator, 통합정보단말기)를 내밀었다. 열한 번째 생일을 지나는 모든 시민에게 정부가 지급하는 물건이었다. 들어가려던 젊은 사내 중 하나가 무슨 말인가를 하려고 했지만 각진 사내가 손을 들어 제지했다. 그러고는 주머니에서 자신의 UDC를 꺼내 내 것에 가져다 댔다. 눈앞에 있는 사내의 얼굴과 소속, 이름이 화면 속에 출력됐다.

─통합정부 행정부 대서수사과 김삼환.

"잠시 실례하겠습니다."

각진 사내가 부드럽게 내 어깨를 옆으로 밀자, 젊은 사내들이 나를 밀치고 집 안으로 들어갔다. 안방에서 낮잠을 자고 있던 어머니가 놀란 얼굴로 뛰쳐나왔다. 그들은 어머니를 보고도 놀라지 않고 뭔가를 찾는 사람처럼 태연하게 집 안 이곳저곳을 살폈다. 어머니는 불안한 얼굴로 서재 쪽을 바라보았다. 아버지가 그 안에 있었다.

집 안을 구석구석 살핀 세 사람이 서재 앞에 서는 데는 그리 오랜 시간이 걸리지 않았다. 젊은 남자들이 굳게 잠긴 문을 두드렸다. 어머니와 함께 그들 곁에 비켜선 나는 가슴이 심하게 요동치고 있다는 걸 깨달았다. 그 안에 있을 아버지가 걱정돼서는 아니었다. 비로소 저 안을 들여다볼 수 있겠다는 생각 때문이었다. 단 한 번도 나에게 온전히 허락되지 않았던 미지의 공간이 이제 눈앞에 펼쳐질지도 모른다고 생각하니 흥분을 가라앉힐 수가 없었다.

노크라고 하기엔 너무 셌던 그들의 수신호에 마침내 문이 열렸다.

"누구시오?"

아버지는 문을 온전히 열지 않은 채 미심쩍은 목소리로 물었다. 각진 사내는 뒤로 한발 물러서더니 돌연 앞발을 들어 있는 힘껏 문을 찼다. 아버지는 억, 하는 소리를 내며 뒤로 쓰러졌고 어머니는 비명을 질렀다. 심장이 갑자기 쪼그라드는 느낌이었다.

"붙잡아."

그의 말이 떨어지기 무섭게 젊은 사내 둘이 양쪽에서 아버지를 포박했다.

"뭐요, 당신들?"

각진 사내는 아버지의 말을 무시한 채 서재 안으로 들어가 천천히 구경하듯 사방을 살폈다. 어머니는 계속해서 소리를 질러댔고 나는 그의 뒤를 따라 서재 안으로 들어갔다. 오래전 아버지 몰래 들어왔을 때처럼, 문지방을 넘는 순간 심장이 부

풀어 올랐다.

"대단하군요."

각진 사내가 말했다. 그의 뒤에 멈춰 선 나는 믿기지 않는 그 방의 풍경에 압도당했다. 책은 마치 나무가 자라는 것처럼 더 무성해진 것 같았다. 족히 수천 권은 될 듯한 색색의 종이책이 벽의 일부처럼 사방을 둘러싸고 있었다. 바닥에서부터 아무렇게나 얹어놓은 책들은 천장에 닿을 듯 높이 쌓여 있었다. 희미하게만 알고 있던 종이책 냄새가 이렇게 진할 수 있다니. 나는 무언가에 홀린 사람처럼 책장으로 다가가 손에 잡히는 대로 한 권을 집어 들었다. 책의 제목은 '국가론'이었다. 손가락 끝에 닿은 종이의 느낌은 전에 기억하고 있던 것보다 더 부드럽고 따뜻해서 놀라웠다. 그러나 채 몇 페이지를 넘기기도 전에 누군가 강한 힘으로 내가 들고 있던 책을 빼앗아 갔다. 각진 사내였다. 그는 표정 없는 얼굴로 책을 잠시 살피더니 탁, 소리 나게 책을 덮어 바닥에 던졌다. 긴장한 탓인지 갑자기 배가 싸르르 아파졌다.

"통합세기 13년 9월 28일 14시 15분, 귀하를 대서 관련 특별법 2조 1항에 의거 종이책 소지 및 유통 혐의로 체포합니다."

각진 사내는 아버지를 향해 돌아서서 UDC를 꺼내 들고 말했다. 이 상황을 녹화하는 것 같았다. 아버지는 별다른 대꾸를 하지 않고 한숨을 내쉬며 고개를 숙였다. 아버지를 양쪽에서 붙들고 있는 젊은 사내들의 손등에서 굵은 힘줄이 꿈틀거렸다.

"가자."

각진 사내가 앞장서서 방을 빠져나갔다. 그는 잠시 어머니 앞에 서서, 곧 종이책을 수거할 인력이 따로 방문할 거라고 말했다. 조금 전 문을 부술 만큼 세게 찬 사람이라고는 믿기지 않을 만큼 온화한 목소리였다. 그런 다음 나와 잠시 눈이 마주쳤는데, 희미하지만 그 순간 그는 미소를 지어 보이는 것 같았다. 아버지는 젊은 사내들에 이끌려 순순히 그 뒤를 따랐다. 아버지는 어머니에게 아무 말도 하지 않았지만, 나를 지나치면서는 한마디 했다.

"곧 돌아오마."

그게 마지막 말이었다.

4

아버지가 잡혀간 뒤 몇 시간 지나지 않아 제복을 입은 사람들이 무더기로 집에 찾아왔다. 그들은 운반용 로봇을 가지고 와서 서재에 있던 책들을 한 권 한 권 꼼꼼히 분류해 거둬 갔다. 그들이 건넨 유일한 말은 "이게 전부입니까?"였다. 어머니는 고개를 끄덕였지만, 그들은 집 안 구석구석을 살피고 서재 이외에는 종이책이 없음을 확인한 뒤에야 돌아갔다.

아버지 소식은 들려오지 않았다. 대신 누가 어떻게 알았는지 학교에 먼저 소문이 퍼졌다. 이웃집에서 말이 나왔는지, 경찰 쪽에 연관된 사람이 있는 건지는 몰라도 어쨌든 내가 나타나면 아이들이 수군거렸다. 쟤네 아빠가 종이책을 10만 권이나 갖고 있었대. 10만 권이면 얼마나 많은 거야? 그게 집에 들어가? 아 몰라, 그냥 존나 많았대. 집 전체가 책이었다며. 씨발, 근데 왜 저 새끼는 안 잡혀가? 모르지 곧 잡혀갈지. 조심해라. 괜히 어울리다가 우리까지 좆되는 수가 있어.

나는 원래부터 나를 향한 관심이 달갑지 않지만, 아버지로 인해 부정적인 쪽으로 그 관심이 증폭되는 것은 더욱 견디기 어려웠다. 상황을 파악한 담임선생은 다른 자치구에 있는 기숙사 중심의 특수중학교에 지원하는 것이 어떻겠느냐고 물었다. 어차피 만 12세부터는 중학교로 진학해야 했으니, 집과 학교를 모두 떠날 수 있는 기숙학교는 어찌 보면 유일한 대안이었다. 물론 그곳에 가면 앞으로의 진로와 직업까지 정해져 버린다는 단점이 있었지만, 이미 나는 자유로운 미래를 위해 현재를 희생할 여력이 없는 상태였다. 그게 미래든 내일이든 천국이든 팔 수만 있다면 죄다 팔아서 현재에 보태 써야 하는 입장이었으니까. 아버지가 체포되던 그해 9월부터 특수중학교 입시가 있는 12월까지 나는 미친 듯이 공부했고, 그 결과로 그해 마지막 날 발표된 합격자 명단에서 내 이름을 발견할 수 있었다. 소식을 전했을 때 어머니는 칭찬도 비난도 하지 않고 말없이 눈물만 조금 흘렸다.

특수중학교는 통합정부에서 하급 공무원들을 양성하기 위해 직접 설립, 운영하는 학교였다. 학비가 공짜고 숙식 제공에다 진로도 보장되어 있기 때문에 주로 나처럼 출신 성분이 낮거나 환경이 좋지 않은 아이들이 많았다. 학교에서는 학과 공부를 통해 사회와 역사에 대해 배우는 것과 별개로 또래 아이들을 통해 얻게 되는 정보도 적지 않았는데, 그중에는 나처럼 종이책과 관련된 범죄자 자녀들도 있었다.

"너희 아빠는 거의 마지막에 걸린 거구나."

나중에 친해지고 나서 필이 말했다.

"우리 아빤 거의 오륙 년 전에 잡혀갔는데. 첫 종이책 분서 때."

"분서?"

"책 태우는 거. 통합정부 수립되자마자 시작한 일이 그거잖아."

"너희 아버지도 그때 잡혔어?"

"그랬지. 뭐, 물론 열 명쯤 불고 금방 풀려나긴 했지만."

"뭐가 그렇게 잘못인 건데? 종이책 가지고 있는 게."

"초대 총리가 선포했었잖아. 이제부터 모든 지식은 넷(net)을 통해서만 공유된다고. 종이책 가지고 있는 사람들은 지식과 정보의 편향, 불균형, 독점을 옹호하는 것으로 간주하고 엄벌에 처하겠다고. 난 아빠가 어릴 때부터 하도 노래를 불러서 그때 구호까지 알고 있다니까. 우리의 미래에 필요한 것은 책이 아니라 인격이다. 옛 지성은 재로 사라지고 그 잔해 속에서 새 인격이 탄생할 것이다……."

"너희 아버진 괜찮으셔?"

"엄마 말론 처음 잡혀갔다 와서는 고문 후유증 탓인지 몇 년 동안 미친 사람처럼 중얼거렸대. 책을 불사르는 건 시작에 불과하다고. 저 미친 정부는 결국 인간을 태워버리고 말 거라고."

"지금은?"

"지금? 우리 아빤 정부에서 일해. 넷 정보 제공자로. 완전 충성하면서."

"그게 가능해?"

내가 문자 필은 냉소적인 웃음을 띠며 답했다.

"내 말이. 차라리 잡혀갔을 때 죽었으면 멋있기라도 했을걸."

5

몇 년 후 아버지가 죽었다는 소식을 들었을 때 나는 필의 말을 떠올렸다. 3년간의 중등 과정을 마치고 같은 학교 고등 과정을 시작하던 해였다. 주말도 아닌데 어머니가 밤늦게 전화를 걸어왔다. 불행은 언제나 패턴이 깨지는 순간 찾아온다는 평범한 진리를 어렴풋이 알아가고 있던 무렵이었다. 홀로그램 속 어머니는 반쯤 넋이 나가 있었다.

"영아, 너희 아버지가…… 아버지가……."

어머니는 말을 잇지 못하고 화면을 전달받은 사망 통지서로 돌렸다. 짤막한 리포트에는 아버지의 사진과 인적 사항, 병명과 사인 그리고 간략한 상황 요약이 첨부되어 있었다. 제4교도소에서 원인 불명의 급성폐렴으로 옥사. 시신은 즉시 자택 근처 통합정부 지정 병원으로 이송 예정. 통지서에는 어떤 감정도 배제되어 있어 읽기 수월했다. 다음 날 나는 선생에게 아버지의 죽음을 알리고 사흘간의 휴가를 얻었다. 아버지의 장례식장에서 아들은 어떤 표정을 짓고 있어야 할지 상상이 되지 않아 집으로 가는 길 내내 멍하니 하늘만 바라보았다.

충격으로 거의 쓰러지다시피 한 어머니와 미성년자인 나를 대신해 아버지의 절친한 친구였던 최 박사가 장례 절차 대부

분을 진행해주었다. 그는 신경과학자로, 뇌과학 분야에서 통합
정부 아시아 지역을 대표하는 의사였다. 나로서는 처음 치르
는 장례였지만 문상객도 많지 않았고 딱히 할 일이 있는 것도
아니어서 시간 대부분을 어머니와 말없이 앉아 있는 데 사용
했다. 머릿속에서는 밀린 과제와 기말고사 계획, 아버지에 대
한 파편적인 기억 같은 것들이 뒤엉켜 출렁였다. 둘째 날 밤에
최 박사는 어머니를 따로 불러내 긴 시간 이야기를 나눴다. 최
박사가 말하고 어머니는 듣는 식이었다. 어머니는 계속해서
고개를 끄덕였는데, 그때마다 얼굴이 점점 어두워지는 것 같
았다.

　셋째 날 아침 발인과 화장이 끝나자 정말로 할 일이 없어졌
다. 최 박사는 어머니와 나에게 점심을 사주며 위로의 말을 건
넸다.

　"앞으로 괜찮겠냐?"

　"네."

　"학교생활은 할 만하고?"

　"네."

　"너무 슬퍼하거나 낙심하지 마라."

　"네."

　"네 아버지도 그걸 바랄 거야."

나는 대답 대신 최 박사를 빤히 바라보았다. 아버지는 있을 때도 존재감이 크지 않았다. 내가 기억하는 아버지는 그저 서재에 들어가 밖으로 나올 줄 모르는 사람이었다. 외출할 때면 서재 문을 굳게 잠그고 나가는, 정부가 금지한 종이책 수천 권을 숨기고 있던, 그러면서도 그게 아내나 아들에게 어떤 피해를 줄지에 대해서는 전혀 고려하지 않은, 이해할 수도 없고 이해할 필요도 없는 그런 사람이었다. 솔직히 말해 나는 조금도 슬프지 않았다. 내 처지를 스스로 연민한다면 모를까, 아버지라는 사람 자체에 대해 내가 가진 감정은 거의 없다고 해도 과언이 아니었다. 나는 그저 빨리 이 불편한 검은 양복과 넥타이를 벗어버리고 싶을 뿐이었다. 목이 조여서 밥조차 양껏 먹을 수가 없었다.

"필요한 일이 있으면 언제든 연락해라. 어려워 말고."

최 박사와 헤어져 어머니와 집으로 돌아왔다. 사흘 내내 사람의 몸속에 저렇게나 많은 물이 있다는 걸 증명이라도 하듯 울어대던 어머니는 돌아오자마자 완전히 기진맥진해 쓰러졌다. 기숙사로 떠나기 전에 나는 오랜만에 방문한 집을 둘러보았다. 많은 짐을 줄이고 최대한 간결하게 살고 싶어 하는 어머니의 마음이 느껴지는 듯했다. 서재 문은 닫혀 있었는데, 그 앞에서 나는 잠시 망설였다. 마치 어린 시절의 어떤 순간처럼, 몰래 문을 열면 방 안 가득한 책과 좁은 어깨를 지닌 아버지의 뒷모습이 보일 것만 같았다. 나를 발견하면 그는 또 화를 내면서 자신이 실수로 잠그지 않은 방문을 세게 닫아버리겠지. 아버지는 그런 사람이니까.

나는 조심스럽게 서재 문을 열었다. 거기엔 텅 빈 책장과 책상만이 남아 있었는데, 그건 아버지가 채 다 버리지 못하고 간 육신처럼 흉물스러웠다.

6

다시 돌아간 학교에서는 적응하는 게 쉽지 않았다. 본격적으로 4년간의 고등교육 과정이 시작되었지만, 학교에서 가르쳐주는 지식은 점점 더 지루하고 재미없는 것이 되어갔다. 남이 가르쳐주는 것들에 대해 신뢰하지 못하는 버릇이 생겨난 것도 그때쯤이었다. 모든 정보는 넷에 이미 존재했고 넷을 활용할 줄만 안다면 나머지는 굳이 배워야 할 필요가 없는 것들이었다. 나중에는 이 학교라는 시스템 자체가 선생들에게 월급을 주기 위해 억지로 만들어지고 유지되는 것은 아닌가 하는 생각이 들 정도였다. 게다가 선생들은 대개 넷 지식의 충실

한 신봉자였기 때문에, 수업 시간에는 토씨 하나 틀리지 않고 넷의 내용을 그대로 전달했다. 나는 수업 초반 몇 분을 할애해 넷의 내용을 익히고, 나머지 시간에는 공상을 하거나 잠을 자는 식으로 시간을 보냈다. 선생들 중 통합세기 이전 세대들, 그러니까 나이 든 몇몇은 이런 방식이 '진짜 교육'이 아니라며 불만을 드러내기도 했다. 대체로 노인들일수록 정부나 넷에 대해 부정적인 경우가 많았다. 하지만 그들조차도 정작 '진짜 교육'이 뭔지는 알려주지 않았기 때문에, 나는 그들처럼 화가 나지도 안타깝지도 않았다. 그저 빨리 시간을 채워 학교를 벗어나고 싶을 뿐이었다. 이제 와 돌이켜보면 그들도 뭐가 진짜 교육인지는 모르고 있었을 거라는 생각이 든다.

홀로그램 속 어머니의 모습은 점점 야위어갔다. 아버지는 죽었지만 대서 관련 특별법은 반체제 행위 가중처벌 원칙에 따라 배우자와 자식에게 매우 가혹하게 설계되어 있어서, 어머니는 그동안 정부에서 받아오던 생활 보조금을 반 이상 받을 수 없게 되어버렸다. 게다가 그동안 해오던 가사 도우미 일마저 그만두어야만 했는데, 이유는 신원 조회에서 반체제 점수가 높은 지원자를 자기 집에 들이고 싶어 하는 사람은 아무도 없었기 때문이었다. 결국 어머니는 다른 반체제 인사 가족들처럼 보통 사람들이 기피하는 일을 찾기 시작했고 마침내

구한 일은 로봇의 잔해를 치우고 청소하는 용역 업체 일이었다. 보수는 둘째치고라도 그건 젊은이들이 하기에도 꽤 험하고 힘든 일이어서, 나는 몇 번이나 다른 일을 찾아보라고 권했지만 어머니는 말을 듣지 않았다.

고등 과정을 마치자 선택의 순간이 찾아왔다. 하나는 최고등 과정으로 진학해 공부를 더 하는 것이고, 다른 하나는 바로 직업전선에 뛰어들어 정부 부처에 배속받아 일을 시작하는 거였다. 담임선생은 나에게서 뭘 발견했는지 최고등학교에 진학해 공부를 더 해보라고 권유했지만, 나는 별다른 고민 없이 후자를 선택했다. 현실적으로 최고등 과정부터는 약간의 돈을 내야만 했는데 당시 나나 어머니에겐 그 정도의 돈도 없었을 뿐더러, 무엇보다 더는 뭘 배운다는 게 지긋지긋했기 때문이기도 했다. 이미 부과된 반체제 점수 때문에 정보, 행정, 재정, 시설, 교육처럼 인기 있는 직종에는 지원 자체가 불가능했고, 가능한 직종 중에 가장 경쟁률이 낮은 것은 기록이었다. 나는 일에서 기쁨을 찾거나 사명감에 불타는 종류의 인간이 아닌 것이 확실했기 때문에 기록 직종을 택했고 최종 합격했다.

같은 반체제 인사 자녀였지만 필은 전향한 아버지 덕분에 직종 선택에서 아무런 불이익도 받지 않았다. 그는 입버릇처럼 말하던 대로 정보 직종에 지원했고 합격했다. 졸업식 날, 그러니까 어쩌면 그날 나누는 인사가 마지막일 수도 있는 그 자리에서 나는 필에게 악수를 청했다.

"축하해. 행운을 빈다."

멋쩍었는지 필은 딴청을 피우며 답했다.

"지원만 할 수 있었으면 너랑 같이 갈 수 있었을 텐데."

인상을 찡그리긴 했지만 나는 곧 그가 자신의 감정을 통제하고 있다는 걸 알아차렸다. 내 앞에서 너무 대놓고 좋아해서는 안 된다는 어떤 당위가 그를 불편하게 만들고 있는 것 같았다. 평소와 다른 부자연스러운 모습은 아마도 그래서일 거라는 생각이 들었다. 나는 그가 마음 편히 자신의 행운을 즐길 수 있도록 얼른 자리를 떠나 짐을 챙겨 집으로 돌아왔다.

거의 4년 만에 돌아온 집에는 아무도 없었다. 일 때문에 어머니가 졸업식에 참석하지 못한다는 건 알고 있었지만 막상 아무도 없는 집에 들어가 앉아 있으려니 기분이 이상했다. 갑자기 내 신세와 처지가 딱하게 느껴지려고 해서 부엌에서 냉동식품 몇 개를 데워 먹었다. 대부분의 자기 연민은 뭘 먹으면 나아진다고 나는 믿었다. 허기를 달랜 뒤 집 안을 한번 둘러보고 옛날 내가 쓰던 방에 억지로 누워 잠을 청했다. 언젠지 모르게 깜빡 잠이 들었을 때 어머니가 돌아왔다. 괜찮다고 했지만 어머니는 나를 보자마자 서둘러 저녁을 차리기 시작했다.

"나, 기록원으로 일하게 됐어."

대화 없는 저녁 식사가 끝나갈 때쯤 나는 소식을 전했다. 어머니는 잠시 멍한 표정을 짓고 있다가, 곧 일어나 말없이 나를 꼭 안아주었다. 작업복을 갈아입지 않은 어머니에게선 기계기름 냄새가 났다.

7

집에서 일주일 정도 머물렀을 즈음 업무 개시 명령이 떨어졌다. 첫 배치는 11자치구였는데, 집에서 200킬로미터 넘게 떨어진 곳이라 근처에 혼자 살 공간을 얻어야 했다. 어차피 혼자 사는 데 익숙해진 몸이라 나가 사는 건 아무 문제 없었지만 이제는 다시 혼자 남겨질 어머니가 걱정스러웠다. 눈이 마주칠 때마다 어머니는 고장 난 기계처럼 괜찮다는 말만 되풀이했다.

"서재는 저대로 놔두는 거예요?"

집을 떠나기 전날 밤, 여전히 잠겨 있는 서재 문을 보며 내가 말했다. 문에는 아버지가 사용하던 구식 열쇠 구멍이 그대로 달려 있었다.

"네 아버지 방이잖니."

반사적으로 대답이 나갔다.

"죽은 지가 언젠데."

어머니는 처음 보는 사람처럼 내 얼굴을 한참 들여다보다가
말했다.

"문을 열면 자꾸 네 아버지가 뒤를 돌아볼 것 같아서."

다음 날 눈을 떠보니 어머니는 벌써 일을 나가고 없었다. 식
탁 위에는 충전식 신용카드와 구식 열쇠, 그리고 스크린에 적
어놓은 짤막한 메시지가 놓여 있었다.

얼마 안 되지만 보태 쓰럼.

그리고 이 열쇠는 네가 맡아주었으면 한다.

아프지 말고 건강해라.

UDC에 카드를 읽어보니 어머니가 넣어둔 돈은 그녀 월급
의 두 배였다. 나는 어머니가 남긴 것들을 그 자리에 그대로 두
고 집을 나섰다. 11자치구까지 가는 동안 나는 어머니와 어머
니 몸에서 나던 냄새와 죽은 아버지와 서재와 그 안을 떠다니
던 나무 향과 손끝에 닿았던 종이의 느낌과 급작스러웠던 변
의와 각진 사내에 관한 생각으로 잠을 이루지 못했다. 회백색
하늘이 어두워지더니 정기 인공강우가 시작됐다.

첫 시작은 캡슐 타워였다. 4제곱미터에 불과한 공간은 좁고 불편했지만 기숙사 시절과 크게 다르지 않아 익숙했다. 거기서 결혼할 때까지 살았으니 10년을 산 셈이었다. 물론 결혼 이후 도심과 가까운 7자치구로 주거지를 옮겼지만 거기서도 캡슐 타워를 벗어나지는 못했다. 구분이 가지 않을 만큼 똑같은 구조의 빌딩 안에서 조금 넓은 10제곱미터짜리 집으로 옮겼을 뿐이었다.

미아는 타워 지하의 세탁실에서 만났다. 같은 공무원이었는데도 처음에는 전혀 알지 못했는데, 직종이 달라서이기도 했지만 미아가 도무지 정부에서 일할 사람처럼 보이지 않았기 때문이었다. 그녀는 공무원이라기보다는 예술가처럼 보였다. 알고 보니 실제로는 컴퓨터 프로그래밍과 코드를 다루는 전산 직종이었다.

처음 미아를 눈여겨보게 된 건 세탁물을 맡기고 기다리는 동안 그녀가 뭔가를 쓰고 있었기 때문이었다. 다른 사람들이 벽에 기대앉아 졸거나 UDC로 이런저런 딴짓을 하는 동안, 그녀는 인상을 살짝 찡그린 채 조그마한 UDC 화면 위에 쉼 없이 뭔가를 쓰고 또 썼다.

"뭘 써요?"

세탁실에 유난히 사람이 없던 어느 날 밤, 나는 참지 못하고 물었다.

"시요."

미아는 대수롭지 않다는 듯 말했다.

"뭐요?"

내가 멍한 표정을 지었는지 그녀는 다시 한번 말했다.

"시를 쓴다고요."

나중에 알고 보니 미아의 어머니는 시인이었다. 어머니 역시 반체제 인사였는데, 필의 아버지와 비슷하게 1차 종이책 분서 때 잡혀 들어가서 실형을 살고 난 뒤 풀려나와 자살했다. 그녀에게 어머니의 죽음은 트라우마라기보다는 일종의 수수께끼였다. 어머니의 돌연한 자살, 죽을 때까지 어머니가 자신에게 이야기해주지 않은 아버지의 정체, 그리고 어머니 자신이 쓴 시. 모든 게 그랬다.

"어쩌면 그걸 풀 수 있지 않을까 싶어서요."

미아는 희망도 절망도 섞이지 않은 목소리로 말했다. 흑도 백도 아닌 중간색의 말투. 회색의 표정. 그게 이상하게 내 마음 안쪽의 스위치를 건드렸다. 몇 달 후 나는 그녀에게 청혼했고 혼인신고와 함께 우리는 토요일마다 세탁실로 같이 내려가는 사이가 되었다.

한동안은 태어나서 한 번도 느껴보지 못한 종류의 행복과 흥분이 삶을 지배했다. 배우자가 생긴다는 건 이런 거구나. 혼자가 아니라는 건 이런 기분이구나. 조금 예민한 것을 빼면 아내는 모든 면에서 나와 잘 맞았다. 우리는 시스템이 정한 한도 내에서 누릴 수 있는 모든 기쁨을 누렸다. 서로가 처한 사회경제적 위치의 한계를 너무도 잘 알고 있었기 때문에 분수에 넘치거나 도에 벗어나는 것은 아예 쳐다보지도 않았다. 내내 회색이었던 내 삶에 그녀가 들어오면서 나와 내 일상은 총천연색으로 변했다. 마치 컴퓨터 내부의 기판에만 붙어살다가 우연한 기회에 밖으로 기어 나가 화려한 모니터 표면에 올라간 작은 벌레처럼, 나는 스스로의 자리를 얼마간은 낯설어하며 또 동시에 행복해했다.

그 행복에 균열이 생긴 건 몇 년 전 그녀가 아이를 갖고 싶어 하면서부터였다.

"이대로는 안 되겠어."

지하로 가지고 내려갈 세탁물을 분류하며 미아가 말했다.

"제대로 사는 것 같지가 않아."

"제대로 사는 사람이 있어? 제대로 사는 게 뭔데?"

말해놓고 보니 내 대답은 좀 냉소적으로 들렸다.

"엄마가 남겨준 숙제를 풀고 싶어."

"그래서 당신은 시를 쓰잖아."

"시 몇백 편을 써도 답은 안 나와. 엄마를 이해하기 위해선 엄마가 되어보는 수밖에 없어."

"현실을 생각해야지."

내가 말하자 아내는 한 번도 본 적 없는 묘한 표정을 지었다.

"당신, 꼭 정부 사람처럼 말하네."

내 말이 틀린 건 아니었다. 아이를 갖기 위해서는 정부의 허가도 받아야 하고, 지금의 집에서도 이사를 해야 했다. 지금은 둘이 번다지만 본격적인 육아가 시작되면 한 사람은 일을 쉬어야 할 것이고, 그동안은 정부 보조금으로 생활해야 할 텐데 그러기에 우리의 등급은 너무 낮았다. 생물학적으로 임신이 가능한가의 문제는 별개로 하더라도 넘어야 할 산이 많았다. 게다가 결정적으로 나는 아이를 원하지 않았다. 지금의 행복한 패턴을 깨고 싶지 않았다. 패턴이 깨지는 순간 찾아오는 건 불행이다. 나는 나를 위해서도, 아이를 위해서도 이 세상에 더이상의 생명을 초대하는 일은 옳지 않다고 생각했다.

"당신이 뭐라든 난 낳을 거야."

미아가 세탁물을 챙겨 밖으로 나가며 말했다.

9

아내는 오랜 시간을 들여 장애물이라 여겨질 만한 것들을 하나하나 해결해갔다. 먼저는 정부의 허가를 받는 데 성공했고, 이후 초과근무를 자청하여 가욋돈을 모았다. 아내의 계획과 실행력은 놀라울 정도여서 옆에서 지켜봐온 나로서는 원래 이런 사람이었나 싶을 정도였다.

가장 큰 장애물은 역시 생물학적 임신이었다. 요즘 세상에 자연 임신이란 멸종 위기의 동물과도 같았다. 열에 아홉은 거치곤 하는 시험관 수정을 우리도 시도했지만 무슨 이유에선지 번번이 실패했다. '원인 불명으로 인한 불임'이 정식 진단명이었다. 인류의 역사가 통합세기에 이르렀는데 원인 불명의 영역이 남아 있다니. 기가 찰 일이었다. 난자를 과배란시켜 추출하고 신체 밖에서 정자와 수정시킨 다음 다시 집어넣는 비현대적 체외수정 방식은 지난 몇 세기 동안 대상만 늘어났을 뿐 본질적으로는 아무 변화 없이 이어져왔다. 과학혁명이나 특이점은 적어도 임신과 출산 분야에서는 일어나지 않은 셈이었다. 그 과정에서 나야 정자 제공이 해야 할 일의 전부였지만 미아는 그렇지 않았다. 호르몬 주사를 맞아야 했고 구토와 현기증, 오심 같은 과배란 부작용을 견뎌야 했으며 수술대 위에 반복해서 누워야 했다. 끈기와 인내가 필요한 이 일에 미아는 전적으로 매달렸는데, 때로는 집착처럼 보이기도 해서 걱정스럽기도 했다.

이 일의 결말은 다소 허무하게 이뤄졌다. 일곱 번째 수술에 실패하고 한 달 후 여덟 번째 과정을 시작하기 위해 병원에 갔을 때, 의사가 이렇게 말했기 때문이었다.

"이미 수정된 난자 외에 또 임신을 하고 싶다는 겁니까?"

의사의 말을 한 번에 알아듣지 못한 아내는 몇 번이나 그 말의 의미를 물었고, 쉬운 말을 어렵게 하는 데 익숙해져 있던 의사는 한참의 대화 끝에 결국 그녀가 이해할 수 있는 말을 해주었다.

"임신이란 말입니다, 임신."

그날 미아는 몹시 들뜬 상태로 집에 왔다. 그리고 마치 뜻밖의 선물을 공개하듯 자신의 임신 소식을 알렸다. 나는 그동안 노력하더니 잘됐네, 하고 답했고 미아는 내 대답에 낯빛이 어두워졌다. 나 역시 기뻤지만 현실적인 문제들 앞에서 마냥 기뻐할 수만은 없었다. 어쩌면 기뻐하는 것도 하나의 능력이고, 나는 그런 훈련을 받지 못했던 건지도 몰랐다.

"집이 문제네."

내가 말하자 미아는 황당하다는 표정을 지었다.

"겨우 그거야? 대답이라고 하는 말이?"

"문제는 문제니까."

미아는 한숨을 내쉬며 말했다.

"당신 어머니한테 가봐. 이사하셨잖아."

아내 말대로 어머니는 최근 6자치구에 있는 노약자 거주 지역으로 이사했다. 만으로 70세를 넘긴 노인들에게 정부가 싸게 공급해주는 임대주택이 밀집해 있는 곳이었다. 반체제 전력이 있는 우리 같은 사람들에겐 주어지기 힘든 기회였지만, 통합정부의 실세라고 알려진 정보부에서 잘나가고 있는 필이 인맥을 동원해 힘을 써준 덕분에 가능했다. 아버지가 죽은 뒤로도 그 집을 쭉 지켜온 어머니는 30여 년 만에 집을 옮긴 셈이었다. 아내가 어머니에게 가보라고 한 건 그 빈집 때문이었다.

나는 일이 적은 수요일 오후에 휴가를 내고 어머니를 찾아갔다. 마지막으로 본 게 몇 달 전인지 기억도 나지 않았다. 어머니가 새로 이사한 집은 넓진 않았지만 새로 지어 깨끗했고 혼자 사는 데 필요한 편의 시설이 대부분 갖추어져 있었다. 이사하면서 짐을 많이 줄여서인지 휑한 느낌마저 있었다. 내가 사정을 이야기하자 어머니는 가느다란 목소리로 말했다.

"그렇다면 거기로 들어가는 수밖에 없지 않겠니."

어머니는 늘 가지고 다니는 작은 꽃무늬 손가방에서 집 열쇠를 꺼내 건넸다.

"어차피 팔 생각도 없었고, 팔아봤자 큰돈도 안 될 테니 그럴 필요도 없겠지만……."

어머니가 목소리를 더 낮췄다.

"조심해야 한다."

나는 그 말의 의미를 더 자세히 묻고 싶었지만 어머니는 손사래를 치며 나를 떠밀었다. 아직도 어디선가 자신을 지켜보는 눈이 있을 거라는 오랜 망상 때문이었다. 나는 그럴 필요 없다고, 무슨 말인지 알아듣게 이야기를 해달라고 말했지만 어머니는 막무가내였다. 주택 밖으로 나와 지상철 정류장까지 바래다주는 길에 어머니는 주위를 두리번거리며 혼잣말처럼 중얼거렸다.

"네 아버지 그렇게 되고 나서 몇 달 있다가 최 박사가 집에 뭘 가져왔다."

어머니는 아버지의 유령이라도 본 것처럼 몸을 부르르 떨었다.

"어쩌자고 그런 걸…… 버릴 수도 없고…… 그걸 그 방에 넣어뒀다. 이사 나올 때까지 그것 때문에 어찌나 마음이 불편했는지…… 네 아버지도 그렇지만 친구라는 사람도 어쩌면 그렇게 다를 게 하나도 없니."

"그게 뭔데요?"

내가 묻자 어머니는 나를 빤히 쳐다보더니 고개를 젓기만
했다. 나는 아직도 어머니가 아버지의 체포와 죽음 때문에 생
긴 강박과 트라우마를 극복하지 못하고 있는 거라고 생각했다.
연민의 감정이 생기지 않는 건 아니었지만 답답함과 짜증이 앞
섰다. 아버지의 부재는 어머니에게 대체 어떤 의미일까? 언제
까지 이런 식으로 살아야 할까? 과연 끝이란 게 있기는 할까?

우리는 말없이 걸었다. 마침내 정류장에 도착했을 때, 어머
니가 걸음을 멈추고 내 손을 잡았다. 정류장 위에서 휘황한 불
빛을 쏟아내며 열차가 내려오고 있었다.

"모른 척해라. 제발 부탁이야. 그게 뭐든 모른 척해야 해."

어머니가 말했다.

10

책상 앞에 앉은 채로 나는 멍하니 시간을 흘려보냈다. 대체
로 아무 생각도 하지 않았지만 이따금 아버지가 떠올랐다. 아
버지는 이 오래된 책상 앞에 앉아 무슨 책을 읽었을까. 무슨 생
각으로 그 많은 책을 모으고 숨기고 또 버리지 않은 걸까. 그날

아버지는 왜 잡혀갔을까. 정부는 아버지를 주시하고 있었을까. 아니면 누군가 밀고한 걸까. 아버지에게 나는 어떤 존재였을까. 해묵은 질문들이 꼬리에 꼬리를 물고 이어졌다.

그때 어머니가 한 말이 떠올랐다.

네 아버지 그렇게 되고 나서 몇 달 있다가 최 박사가 집에 뭘 가져왔다.

벌떡 일어나 방을 한 바퀴 돌아보았지만 책장 어디에도 이상한 물건은 없었다. 나는 다시 책상 앞에 앉아 서랍을 차례로 열었다. 첫 번째 서랍과 두 번째 서랍은 텅 비어 있었다. 그러나 세 번째 서랍을 열고 팔을 끝까지 뻗어 더듬었을 때, 밖에서는 잘 보이지도 않는 안쪽 가장 깊숙한 곳에서 뭔가 만져졌다.

모른 척해라. 제발 부탁이야.

나는 어머니의 말이 생각나 잠시 망설였다. 이걸 말했던 건가? 낯설었지만 손끝의 감각은 지금 내가 만지고 있는 물체가 종이라고 말하고 있었다. 영원히 잊을 수 없는 그때의 그 감촉. 분명했다.

충고대로 그냥 모른 척할 수도 있었다. 다시 서랍을 닫기만 하면 그만이었다. 하지만 곧 나는 반대쪽 결론에 이끌렸다. 내가 여기 온 이유는 바로 이런 소지를 없애기 위해서가 아닌가? 아버지의 흔적. 불행의 기원. 비극의 시작. 나는 내 평생을 갉

아먹어왔고 아마 앞으로도 그럴 어떤 과거와 완전히 이별하고 싶었다. 더 이상 아버지가 망칠 수 없는 삶의 단계로 넘어가고 싶었다. 단순히 도망치는 게 아니라 맞서 싸워 찢고 태우고 없애고 싶었다. 그러려면 꺼내야만 한다. 꺼내서 없애야 한다.

　나는 손끝에 잡힌 물건을 잡아당겼다. 예상대로 그건 종이였다. 누르스름하게 변색된 채 반으로 접힌 진짜 종이. 어머니가 놀란 것도 이해가 됐다. 그녀에게 종이란 아버지를 죽인 살인범이나 다름없을 테니까. 조심스럽게 종이를 펴자, 그 안에는 누군가 손으로 쓴 듯한 공용어의 알파벳이 가지런하게 적혀 있었다.

auribus teneo lupum.

　이 문장이 어떤 의미일까를 생각하려는 사이, 벨이 먼저 울렸다.

11

　문 앞에 서 있는 사람은 검은 경찰복을 입은 젊은 여자였다.

문을 열기 전 나는 손가락으로 접은 종이가 들어가 있는 주머니를 꾹 눌러 잠갔다. 이렇게 해두면 내 손가락이나 수색영장 없이는 누구도 종이를 빼앗아가지 못할 것이다.

"이진아 씨 댁인가요?"

여자는 어머니 이름을 댔다. 경찰 특유의 무표정이 아니라 생글생글 웃는 얼굴이었다.

"누구시죠."

그녀는 들고 있던 UDC를 들어 보였다. 통합정부 행정부 대서수사과 위은. 신분 확인 홀로그램 속에서도 여자는 웃고 있었다. 대서수사과라는 단어 때문인지 그 웃음마저도 기분 나쁘게 보였다.

"잠시 살펴보러 왔습니다. 들어가도 될까요?"

"살펴보다니, 뭘 말입니까."

"아시잖아요. 아버님 서재."

여자는 나를 가볍게 밀치고 안으로 들어왔다. 제지할 새도 없이 그녀는 성큼성큼 복도를 걸어들어가 열려 있는 서재 안으로 들어갔다. 나는 황급히 그녀를 따랐다.

"지금 뭐 하는 겁니까."

팔꿈치를 붙잡아 제지하려 한 순간 그녀가 몸을 홱 돌려 나를 뿌리쳤다. 나는 반동으로 두세 걸음 뒤로 밀려났다. 손끝이 얼얼했다.

"공무 수행 중입니다."

여자는 다시 웃으며 말했다. 웃음의 의미는 명확했다. 자신이 하는 일을 방해하지 말라는 뜻이었다. 그녀는 신기한 구경을 하듯 원을 그리며 천천히 서재를 둘러보았다. 나는 통증이 가시지 않은 손을 만지며 그녀를 지켜봤다. 오래전 아버지의 서재로 대서수사과 사람들이 들이닥치던 날이 생각났다. 오늘은 그날의 반복인가? 하지만 이제 모든 것이 달라졌다. 아버지는 죽었고 서재는 텅 비었다. 나는 아버지가 아니다. 책은 없다.

"아직도 괴롭힐 게 남았습니까?"

내가 묻자 여자가 나를 돌아보았다.

"괴롭히다뇨. 정부가 하는 일은 다 시민을 돕자고 하는 건데요."

"이렇게 불쑥 찾아와서 감시하는 게?"

"또 다른 비극이 생겨나지 않게 돕는 거죠."

여자는 또 웃었다.

"아시겠지만 종이책이 보관되었던 장소는 일정 기간 동안 모니터링을 받게 되어 있어요. 추후에 비슷한 사고가 재발하지 않게 하자는 취지에서죠. 여기 보시면⋯⋯."

여자가 책장 맨 위쪽을 가리켰다.

"여기, 그리고 저기, 이 아래와 저 구석, 이렇게 네 군데 작은 센서가 설치되어 있어요. 그래서 누군가 이 방에 들어오면 저희에게 알려주죠. 일상적으로 움직이는 거야 모니터링만 하고 다른 조치를 취하지 않지만, 오늘은 좀 특이한 움직임이 관찰돼서요. 그것도 등록된 거주자 아닌 다른 사람이."

"난 몰랐습니다."

정말 몰랐다. 알았다면 종이를 꺼내지도 않았을 것이다. 아니, 아예 서재를 열지도 않았겠지. 어머니는 왜 이 사실을 나에게 알려주지 않았을까? 어머니도 몰랐던 걸까? 나는 이 여자가 어디까지 알고 왔는지를 가늠하려 애썼다. 주머니에 넣은 종이가 신경 쓰였다.

"가족이신가요? 이진아 씨는 집에 안 계신 것 같은데."

"아들입니다."

"아하, 그렇군요."

여자는 고개를 크게 주억거렸다.

"그냥 형식적인 거라고 생각해주세요. 별일 아니니까 금방 끝날 거예요."

여자는 UDC를 책상 위에 올려놓고 말을 이었다. 우리의 대화를 기록하려는 것 같았다.

"몇 가지만 여쭤볼게요. 오늘 이 방에 들어오신 이유는요?"

"곧 이사 올 예정이라 확인차 들렀을 뿐입니다."

"이사를 오실 계획이라고요?"

"네."

"이 서재가 보호관찰 구역으로 지정되어 있는 건 아시죠?"

"아까 말했잖습니까. 몰랐다고."

"한번 보호관찰 구역으로 지정되면 그곳은 20년 동안 정부의 통제를 받게 돼요. 이 서재는 통합세기 13년 9월 28일에 지정되었으니까, 이제 일주일 남았네요. 한 주만 지나면 이곳은 모든 모니터링으로부터 자유로운 공간이 되는 거죠."

"잘됐군요."

여자는 작게 소리 내어 웃으며 책상에 걸터앉았다. 나는 내려오라고 말하고 싶었지만 꾹 참았다.

"꼭 잘된 것만은 아녜요. 적어도 저희 입장에서는요. 시간이 얼마 남지 않았어요. 그 전에 그걸 찾아야 하니까요."

"뭘 찾든 그게 나와 무슨 상관입니까?"

"상관이 있죠. 아버님이 만든 거거든요."

여자는 잠깐 쉬었다가 덧붙였다.

"민윤식 씨가요."

나는 그녀를 노려보았다. 여자는 어깨를 살짝 추켜올렸다가 내렸다.

"아버진 죽었어요."

"알아요."

"죽은 사람이 뭘 할 수 있단 말입니까?"

"우리가 왜 이곳을 군이 보호관찰 구역으로 지정해서 지켜 봐왔다고 생각하세요? 그것도 지난 20년 동안. 우리는 오래전에 민윤식 씨가 만들었다는 물건에 대한 첩보를 입수했고, 그동안 열심히 그걸 찾아왔어요. 확인되지 않은 정보이기는 했지만 꽤 신빙성이 있었거든요."

"다시 한번 말하지만 아버지는 죽었어요. 당신들이 잡아가서 죽였단 말입니다."

"참 애석한 일이에요. 저도 안타깝게 생각해요. 하지만 사실 관계는 바르게 해야죠. 저희가 죽인 건 아니잖아요?"

여자는 죽인 건, 에서 음절을 끊어 하나씩 발음했다. 나는 무슨 말인가를 하려다 그만두었다. 여자가 말을 이었다.

"돌아가시기 전에 만들어두었을 수도 있죠. 누군가에게 사주했을 수도 있고."

"아니, 도대체 아버지가 뭘 만들었다는……."

"책이에요."

그녀가 내 말을 끊었다.

"종이책이요."

12

여자는 집에서 아버지의 책을 찾게 되면 알려달라는 말을 남기고 돌아갔다. 협조해줘서 고맙다는 말도 덧붙였다. 위은. 나는 그녀의 이름을 되뇌었다. 거실로 나가 창에 드리워져 있던 암막 농도를 줄이자 위은이 타고 왔을 법한 비히클이 이륙하는 모습이 보였다. 적정 궤도에 이른 검은 차는 해가 지는 쪽을 향해 빠르게 멀어져갔다.

─집은 어떻게 됐어?

그때 미아로부터 메시지가 도착했다.

─괜찮아. 쓸 만해.

나는 잠시 망설이다가 이렇게 답하고는 짐을 챙겨 아버지의 집을 빠져나왔다.

집으로 가기 위해 탄 지상철 안에서 나는 창밖을 바라보았다. 이제 태양은 거의 다 저물어 그 끝만 겨우 지평선에 매달려 있었다. 붉게 물들어가는 하늘은 아름다워서 슬퍼 보였다. 빛의 산란일 뿐인 저 색깔의 변화가 오늘 유난히 내 마음을 휘젓는 이유는 뭘까. 나는 수십억 년 전부터 이 행성에서 하루도 빠짐없이 아침과 저녁마다 뜨고 졌을 태양의 운명을 생각했다. 그 태양을 바라보며 자신의 운명도 그와 다르지 않으리라는 것을 예감했던 잊혀진 이름들을 생각했다. 그리고 이제는 지평선 너머로 사라져버린, 종이책에는 인간을 인간이게 하는 뭔가가 있다고 착각했던 아버지를 생각했다. 눈이 부셔서인지 눈물이 조금 났다. 누가 쳐다볼까 봐 나는 안경을 올리는 척하면서 눈물을 닦았다.

자치구 경계를 넘어 빌딩 밀집 지역을 벗어나자 왼쪽으로 멀리 통합정부의 상징과도 같은 '타워 원'이 눈에 들어왔다. 붉은빛 속에 검게 솟은 타워 원은 마치 불타는 거대한 나무처럼 보였다. 나노드론처럼 조그맣게 보이는 비히클들이 타워 안팎을 바쁘게 오갔다. 끝이 보이지 않는 타워 원의 꼭대기는 구름과 안개로 가려져 있었다.

어렸을 때 내 꿈은 저기서 일하는 거였다. 나만 그런 꿈을 꾼 건 아니었다. 대부분의 아이들에게 타워 원에서 일하는 사람이 된다는 건 인생의 성공을 의미했으니까. 그러나 자라면서 곧 그것이 불가능한 꿈임을 깨닫게 되었다. 타워 원에서 일하는 자들이 도리어 아버지를 잡아가면서부터였다. 신분이 격하되고, 가족 전체가 불온 계급으로 분류되면서 내 인생은 완전히 꼬여버렸다. 모든 게 아버지 때문이었다. 나는 타워 원이 시야에서 사라지고 난 뒤에도 계속해서 그쪽을 바라보았다.

집에 도착했을 때는 이미 사방이 어두워져 있었다. 먼저 퇴근한 아내가 문을 열어주었다.

"별일 없었어?"

나는 그녀에게 오늘 있었던 일들에 대해 이야기했다. 비어 있는 집과 잠긴 서재, 위은에 관해 차례로 말했다. 그러고는 주머니에서 종이를 꺼내 보여줬다. 미아는 깜짝 놀라며 목소리를 낮췄다.

"이거 종이잖아?"

미아는 종이를 만져본 적이 있다고 했다. 어릴 적 자신의 어머니가 매일 종이를 만지게 했다고, 지금 생각해보면 그건 일종의 훈련이었던 것 같다고 했다.

"뭘 위해서?"

"엄마는 예감했던 것 같아. 언젠가 아무도 종이를 만지지 못하는 시절이 올 거라는 걸."

"그게 무슨 의미가 있어. 어차피 이제 못 만지는데."

"그러니까 의미가 있지. 누군가는 그 감각을 기억해야 할 것 아냐."

나는 누군가 기억하는 게 무슨 의미가 있냐고 다시 묻고 싶었지만 참았다. 미아는 종이를 쓰다듬고 만지다가 냄새까지 맡더니, 접혀 있던 부분을 펼쳐 안에 적힌 문장을 더듬더듬 읽었다.

"이건 무슨 뜻이야?"

"몰라. 알고 싶지 않아."

"아버님이 남기신 글 아닐까?"

"알고 싶지 않다니까."

"패스프레이즈 같은데. 아무래도."

그 순간 뭔가가 떠올랐다. 아버지의 컴퓨터. 아버지는 끝까지 UDC를 사용하지 않았다. 넷에 모든 정보를 주고 싶지 않아서라고 했다. 아내 말대로 이 문장은 그 컴퓨터를 여는 패스프레이즈일지도 모른다. 나는 UDC를 꺼내 어머니에게 전화를 걸었다.

"아버지가 쓰던 컴퓨터 어디 있어요?"

"무슨 소리냐, 갑자기……."

"빨리요. 어머니가 갖고 계세요? 아버지 컴퓨터?"

잠시 침묵이 흘렀다. 아내가 입 모양으로 목소리를 낮추라며 인상을 썼다.

"없다."

어머니가 말했다.

"그때 그 사람들이 다 가져갔다. 전부 다."

알겠다고 말하고 전화를 끊으려 하자, 어머니가 다급하게 물었다.

"뭐가 잘못됐니? 무슨 일 있는 거야?"

나는 짧게 아니라고 말하고 연결을 종료했다. 그러자 미아가 의아하다는 듯 말했다.

"근데 자기 적극적이네? 웬일이야, 아버님 일에. 평생 아버지 없는 사람처럼 굴어놓고선."

나는 미아에게 말하지 않았던 한 가지를 이야기했다.

"아까 내가 말한 대서수사과 여자 있잖아."

"응."

"그 사람 말이, 아버지가 책을 만들었대. 종이책을."

"종이책?"

"그래. 근데 자기네들이 그걸 찾고 있다는 거야. 아버지 서재에 걸려 있는 보호관찰 기간이 10년인데, 이제 일주일밖에 안 남았다면서."

"그 안에 그 사람들이 찾으면? 그럼 우리는 못 들어가는 거야?"

"그럴 확률이 높지."

미아는 뭔가를 곰곰이 생각하는 듯하더니 입을 열었다.

"그럼 우리가 먼저 찾아야겠네."

13

종이를 앞에 두고 한참 동안 검색을 시도했지만 일치하는 언어는 나오지 않았다. 공용어에서 사용하는 알파벳으로 된 건 분명한데, 공용어는 아니었다. 그렇다면 특수어 중에 넷이 감지한 언어라도 있어야 하는데 그것도 없었다. 아무리 입력을 하고 스캔을 해도 넷은 '검색 결과 없음'이라고만 응답했다.

"알파벳으로 조합해서 만든 암호일지도 몰라."

아내는 자신의 UDC를 꺼내 들더니 암호를 만들어내는 알고리즘 몇 개를 불러와서 거기에 문장을 대입하는 작업을 했다. 나는 가만히 종이를 들여다보았다. auribus teneo lupum. 암호 같지만 암호처럼만 보이지는 않았다. 그보단 오히려 미지의 언어처럼 느껴졌다. 손가락으로 자음과 모음을 구분해가며 읽어보려는 시도를 했다. 아. 우. 리. 부. 스. 테. 네⋯⋯.

그러자 떠오르는 게 있었다.

아버지의 목소리.

언젠가 초등학교에서 형편없는 성적을 받고 집에 돌아왔을 때, 문을 닫자마자 잘 참았던 눈물이 쏟아진 적이 있다. 슬퍼서라기보다는 분해서였다. 주어진 시간 안에 자료를 조사해서 답안을 작성하는 시험이었는데, 당시 3등급이었던 나는 넷 검색 범위에 제한이 걸려 찾을 수 있는 부분이 국한되어 있었다. 1등급과 2등급 아이들은 쉽게 찾아낼 수 있는 정보를 나는 몇 군데를 경유해서, 그것도 겨우겨우 알아낼 수밖에 없었다. 물론 그러다 보니 나중에는 시간이 부족했다. 결국 신분은 좋지만 평소 공부 못하던 아이들이 나보다 높은 성적을 받고 환호했고, 나는 조용히 학교 컴퓨터를 종료하고 가방을 챙겼다. 눈치 빠른 몇몇은 나에게 다가와 위로를 건네기도 했는데, 그 말이 나를 더 울컥하게 만들었다. 괜찮아, 너도 다음엔 더 잘할 거야. 나는 속으로만 답했다. 됐으니까 그냥 꺼져.

나는 공부를 곧잘 했다. 열심히 하기도 했고 재능도 없어 보이지는 않았다. 그러나 공부 자체가 목적이었던 적은 없었다. 내 목표는 타워 원이었고, 일등 계급이었고, 선택받은 소수가 되는 거였다. 그런데 이미 모든 것은 결정되어 있고 나는 그걸 바꿀 수 있을 것 같지 않았다. 일등 계급이 되겠다는 건 실현 불가능한 목표였다. 그러려면 일등 계급으로 태어났어야 했다. 나는 평생 그들 밖에서 이런 값싼 위로나 받으며 살아가야 하는구나. 이게 내 운명이구나. 아무도 알려주지 않았던 세계의 민낯을 훔쳐본 기분이었다. 눈물이 나왔지만 그걸 보이지 않기 위해 안간힘을 썼다. 학교를 빠져나와 집으로 올 때까지 이를 악물고 눈물을 참았다. 눈물이 흐르면 정말로 졌다는 걸 스스로 인정하는 것만 같았다.

그런데 집으로 돌아오자마자 마음이 무너졌다.

익숙한 풍경과 냄새를 감각하는 순간, 엄마 품처럼 편안한 공간으로 들어오는 순간, 승리를 갈망하던 한 마리 어린 늑대였던 나는 본래의 상처 입은 새끼 양으로 돌아왔다. 신발도 벗지 못하고 현관에 우두커니 서서 서럽게 울고 있는데 그때 서재 문이 열렸다. 아버지는 천천히 걸어오더니 내 어깨에 손을 얹고는 말했다.

페르 아르두아 아드 아스트라.

울음을 진정시키고 위를 올려다보자 아버지는 말했다.

별을 향해 가는 길은 역경을 헤치는 것뿐이지. 너무 울지 마라. 울면 눈앞에 별이 나타나도 잡을 수 없으니까.

나는 가끔씩 내 앞에 나타나 알쏭달쏭한 말을 던지는 아버지가 신기하기도 하고 밉기도 했다. 나를 3등급으로 태어나게 한 건 당신이 아닌가.

무슨 말인지 모르겠어요.

내가 중얼거리자, 아버지는 희미하게 웃었다.

모든 일엔 대가가 필요하다는 말이야. 세상에 공짜는 없다.

뜻을 설명해달라는 게 아니었다. 나는 그저 이 상황이 싫을 뿐이었다. 물론 후에 아버지로 인해 더 낮은 계급으로 강등당

한다는 건 상상조차 못하던 때였다. 아버지는 자기 할 말만 마치고 돌아서 서재 쪽으로 걷기 시작했다. 나는 반감과 분노를 담아 더 크게 소리를 질렀다.

무슨 말인지 모르겠다고요!

복도 끝에서 몸을 돌린 아버지는 그제야 내 말의 의미를 깨달았다는 듯이 말했다.

이제는 죽은 말이야. 아무도 쓰지 않는 말.

그날 아버지가 내게 전해주려던 위로나 교훈은 당연하게도 전혀 전달되지 않았다. 나는 그 후로도 한참을 더 울었고 결국 다음 시험에서는 신분의 제약을 이기고 반 1등을 해서 나머지 아이들에게 똑같은 위로의 말을 하고 다녔다. 그게 내 방식의 복수였다. 그때 누군가는 내가 속으로 했던 말을 똑같이 내게 하고 있었겠지. 상관없었다. 티를 내지 않으려고 안간힘을 쓰는 아이들의 얼굴 속에서 아주 살짝 헝클어지는 무언가를 발견할 때마다 심장이 요동칠 정도로 통쾌했으니까. 하지만 수업이 끝나고 학교를 빠져나오자 이상하게 마음이 편치 않았다. 헛헛하고 불쾌했다. 배가 고파서였을까. 아니면 해가 지고 있어서였을까. 도시를 태워버릴 듯이 붉게 물들어가는 서쪽 하늘을 바라보다가 나는 그 순간을 떠올렸다. 낯선 언어를 말하고 뒤돌아 걷던 아버지의 뒷모습. 한마디도 알아들을 수 없던 아버지의 말. 그때만큼은 아버지의 뒷모습이 그의 말을 닮았다고 생각했다. 아무도 쓰지 않는 말. 이제는 죽은 말. 그건 아버지 자신이나 다름없었다.

"죽은 말."

"뭐?"

스크린을 뚫어지게 쳐다보던 미아가 고개를 돌렸다.

"죽은 말 있잖아. 사어. 그거 검색하려면 어떻게 해야 하지?"

"언어 옵션에 들어가야 할걸. 근데 허가 없이 그게 되나?"

나는 넷의 언어 옵션에 들어가 사어를 찾았다. 목록에는 있었지만 그 항목을 선택하기 위해서는 아내 말대로 승인이 필요하다는 메시지가 떴다. 승인 신청을 눌렀더니 '접근 권한 없음'이라는 응답만 반복됐다. 아내에게 물었다.

"이거 원래 이래?"

"찾지 말라는 얘기지 뭐. 일반 사람들은."

"일반 사람 아니면 가능한 거야?"

"연구 목적이라든가, 특별한 사유가 있다든가 하면 가능할 거야. 그렇지 않다면 아예 옵션에서 빼놓았을걸."

아내의 말을 듣고 나는 오랫동안 잊고 지냈던 한 사람을 떠올렸다. 그리고 어머니에게 다시 전화를 걸기 시작했다.

14

최 박사.

신경과학자이자 아버지의 친구. 어머니의 조력자이자 우리 집안에 드리워진 그림자. 내가 그의 이름을 대자 어머니는 왜 냐고 묻지도 않고 전화번호를 전송했다. 평소와는 다른 반응이었다. 어머니와 최 박사는 무슨 사이일까? 나는 오랫동안 품어온 질문을 다시 건져 올렸다. 아버지가 사라진 뒤로 머리가 커지면서 나는 몇 번이나 둘 사이를 의심했었다. 두 사람은 필요 이상으로 가깝거나 긴밀해 보였고 그건 곧 다른 관계를 암시하는 것처럼 읽혔다. 하지만 나는 한 번도 어머니에게 캐묻거나 최 박사에게 직접 떠보지 않았다. 진실이 궁금하지 않아서가 아니었다. 그렇게 해서 알게 된 진실이 나를 파괴할까 봐 두려워서였다.

최 박사에게 전화를 걸자 홀로그램 대신 3D 사진 한 장이 나타났다. 홀로그램 통화가 가능하지 않을 때 정지 화면처럼 떠 있는 영상이었다. 낯설지 않은 얼굴 뒤로 목소리가 나타났다.

"오랜만이구나."

음색이 조금 낮아지고 거칠어지긴 했지만 나는 그의 목소리를 기억해냈다.

"여쭤보고 싶은 게 있어서요."

나는 사진 뒤에 있을 그의 진짜 모습을 상상하며 말했다.

"어머니한테 들었습니다. 그때 주신 것."

"무슨……."

최 박사가 심하게 기침을 했다.

"무슨 말이냐 그게."

최 박사는 목을 가다듬은 뒤 말했다.

"알아듣게 말을 해봐. 언제 뭘 줬다고."

그는 내 말을 못 알아듣는 것처럼 말했다. 덕분에 나는 순간 그가 정말로 종이에 대해 전혀 모르고 있는 게 아닐까 생각했다. 그러나 곧 그가 도청 가능성 때문에 거짓말을 하고 있다는 걸 깨달았다. 오랫동안 아버지의 서재를 감시했던 대서수사과가 최 박사라고 가만히 놔두었을 리 없다. 최 박사 입장에선 나역시 믿을 만한 사람이 아닌지도 모른다. 어쩌면 어색한 3D 사진 역시 그래서 띄워놓은 것일지 모른다는 생각이 들었다. 아버지 주위의 사람들 중 상처와 트라우마가 남지 않은 사람은 아무도 없었다.

"알겠습니다. 무슨 말씀인지."

"난 무슨 말인지 모르겠는데."

"이건 어떻습니까. 아우리부스 테네오 루품."

최 박사가 다시 기침을 했다.

"뭐라고?"

"아우리부스, 테네오, 루품. 아십니까?"

그는 잠시 뜸을 들였다가 답했다.

"알다마다."

"어떤 언어죠? 사어인가요?"

그는 한층 낮아진 목소리로 대답했다.

"너희 아버지가 입버릇처럼 했던 말 아니냐. 라틴어라고 했어. 라틴어. 고대에······."

"뜻만 알고 싶습니다."

나는 그의 말을 잘랐다. 아버지 이야기는 듣고 싶지 않습니다. 뒷문장은 속으로만 말했다.

"그래."

최 박사는 긴장한 듯 숨을 깊게 들이마셨다. 몇 번 더 기침을 하자 그의 목소리는 거의 쉰 것처럼 들렸다.

"나는 늑대의 귀를 잡고 있다."

그는 한 번 더 힘주어 말했다.

"나는, 늑대의 귀를 잡고 있다."

II

늑대의 귀

통합세기 33년 9월 22일
목요일

15

출근길 지상철은 살인 사건 이야기로 시끄러웠다. 일주일 전 주로 상위 계급들이 거주하고 있는 1자치구에서 실종됐던 아이가 오늘 새벽 '소돔'이라 불리는 범죄 다발 구역 뒷골목에서 시체로 발견된 것이다. 정부의 고위 관료로 알려진 부모에게 거액의 몸값을 요구했던 범인은 아직 잡히지 않았다. 뉴스 홀로그램 속에서는 범인의 동선과 범행 과정을 재현한 검은 그림자가 이리저리 뛰어다녔다.

기계가 쓴 것이 분명한 건조한 리포트 이후에는 관련자들이 나와 이번 사건에 대한 몇 가지 쟁점을 놓고 토론을 벌였다. 범인은 왜 상위 계급의 아이를 노렸는가. 왜 거액의 몸값을 요구했는가. 왜 끝까지 협상하거나 기다리지 않고 아이를 먼저 죽였는가. 어떻게 도주했고 언제 잡힐 것인가. 수사관, 범죄심리학자, 저널리스트, 산부인과 의사 등이 나와 각자의 견해를 풀어놓았다. 나는 그중 산부인과 의사에게 흥미를 느꼈는데, 이유는 그가 혼자서 논점을 일탈하는 발언을 했기 때문이었다.

"인구는 점점 줄어드는데 아이를 낳으려는 이들은 많지 않습니다. 왜 그런지 아십니까? 정부가 그걸 원하지 않기 때문이에요. 인간의 노동력이라는 게 필요한 시대는 이미 오래전에 갔습니다. 일부 상위 계급을 제외한 나머지 대다수의 사람들은 잉여 인력이에요. 필요 없는 생명이죠. 세기 전이라면 몰라도 이제 대중이라는 개념은 없는 거나 진배없습니다. 적어도 중요성만 놓고 보면요. 네? 잠깐만요. 말 아직 안 끝났습니다. 요즘 제가 무슨 생각을 하는지 아세요? 아, 이 정부는 하위 계급들이 소멸하기를 원하고 있구나. 물리적으로 학살하지는 않을지 모르지만 서서히 말려 죽이고 있구나. 이건 무관심의 가면을 쓴 학살이구나. 그럼 그다음에 뭐가 오겠습니까? 이 사람들이 원하는 미래가 어떤 거라고 생각하세요? 감이 안 오십니까? 제가요, 그걸 생각하면 밤에 잠이 다 안 옵니다."

사회자가 반복해서 그를 제지했다. 말을 끊긴 의사는 화가

난 것처럼 보였다. 나는 붉게 상기된 그의 얼굴을 보며 오히려 그의 분노는 자신의 밥그릇이 사라지고 있는 데 대한 염려에서 비롯된 것이 아닐까 생각했다. 아이를 갖지 않는 것이 어떤 흐름인 것은 사실이었다. 사회는 더 이상 새로운 아이를 원하지 않았고, 사람들도 자신의 자원과 자유를 아이라는 감옥 속에 가둬두고 싶어 하지 않았다. 더 어려워진 자연 임신 환경은 이를 가속화했다. 이제 자식을 낳으면 물려주는 것은 유전자만이 아니었다. 부모의 계급 역시 상속됐다. 누구든 한번 태어나면 쉽게 자신에게 정해진 진로나 계급을 바꿀 수 없었다. 정부는 이 모든 문제에서 한발 떨어져 격려도 방해도 하지 않았다. 나쁘게 보면 방관일 수도 있지만, 꼭 그런 것이라고 주장할 수만은 없었다. 자연스레 아내의 얼굴이 떠올랐다. 여기 그렇지 않은 사람도 있지 않은가? 아내를 예외로 한다면, 의사에게 묻고 싶은 것도 있었다. 인구는 왜 줄어들면 안 되나? 인류가 소멸하지 말아야 할 이유는 무엇인가?

나는 산부인과 의사의 얼굴을 끝으로 투사 중지 버튼을 눌러 뉴스 홀로그램을 없앤 다음 창밖을 바라보았다. 희뿌연 하늘과 땅 사이에 타워 원이 수직으로 솟아 있고, 그 주위로 불규칙하게 늘어선 빌딩들이 보였다. 건물들은 하나가 다른 하나의 그림자처럼 보였다. 그들을 구분해주는 건 빌딩 여기저기

보석처럼 박혀 있는 붉고 푸른 자그마한 불빛뿐이었다. 이 도
시에 진정으로 남아 있는 색은 회색밖에 없다고 나는 생각했
다. 흑과 백의 사이. 중간색. 나는 그게 싫지 않았다. 애매하게
걸쳐 있는 것들은 언제나 내 마음을 끌었다. 흰색처럼 무언가
를 채워야 하지도, 검은색처럼 모든 것을 지워버리지도 않는
색. 그 색은 무의미를 용인해줄 것만 같은 색이었다. 인류의 비
극이란 모두 의미를 찾는 여행에서 비롯된 것이 아닌가. 생의
의미를 찾다가 자기 자신을 수렁에 빠뜨리고, 무의미를 견디
지 못한 나머지 사랑이라는 착각을 발명해 결혼을 하고, 아이
를 갖고, 공동체를 만들고, 사랑을 혐오로 바꾸고, 혐오를 증오
로 바꾸며, 그걸로도 모자라 대의명분을 만들어 전쟁을 시작
하는 것이 인간이니까. 삶에는 의미가 필요하지 않다. 아니, 애
초에 의미라는 것 자체가 우주엔 없다. 그런데 왜 인간은, 아니
나는, 여전히 의미에서 벗어나지 못하는가? 왜 흩뿌려진 수천
수만의 점을 자꾸만 이어보려 하는가?

　어제도 마찬가지였다. 거기서 멈춰야 했다. 최 박사가 말해
준 사어의 의미 같은 건 하나도 중요하지 않다. 내 인생이나 우
리 가족의 미래에 도움이 될 리도 없다. 그런데도 나는 묻고 말
았다. 멈추지 못했다. 그건 다 빌어먹을 의미 때문이었다.

　"그게 무슨 뜻이죠?"

최 박사에게 묻자 그는 마치 내 선생이라도 된 양 말했다.

"늑대의 귀를 잡고 있다고 상상해봐."

"그런 상상은 해본 적 없습니다."

"그러니까……."

그는 단어와 단어 사이에 조그맣게 한숨을 쉬는 것 같았다.

"손을 놓으면 늑대는 널 향해 달려들겠지. 그렇다고 계속 잡고 있을 수만도 없어. 늑대가 얌전히 있을 리 없을 테니까."

"그럼 어떻게 하라고요."

"그게 핵심이야. 어떻게 할지 갈피를 잡지 못하는 상황. 이러지도 저러지도 못한 채 곤란하게 유지되는 순간."

내가 침묵하자 전화를 끊기 전 최 박사는 한마디를 덧붙였다.

"게다가 늑대는 귀가 짧지. 안 그런가?"

통화를 듣고 있던 아내가 고개를 갸웃거렸다.

"뭐야 그게. 그러면 이게 왜 거기 들어 있었던 거지? 아버님의 마지막 심정 같은 거였을까?"

뚜렷한 의미를 찾을 수 없다는 것. 그게 문제였다. 뜻은 알았지만 의미는 여전히 알 수 없었다. 나는 필에게 메시지를 보냈다. 아버지의 일이라고는 하지 않고 개인적인 호기심인 것처럼 해서 넷의 언어 옵션에 대한 접근 권한을 부탁했다. 그리고 넷에 접속해서 최 박사에 관한 정보들을 검색했다. 최 박사가 운영하는 뇌연구소는 9자치구에 있고, 규모가 작지 않은 듯했다. 두 가지 정도가 눈에 띄었는데, 하나는 정부의 지원을 받고 있다는 것이고 다른 하나는 광고 문구였다. '당신의 뇌를 기증하세요. 인류의 비밀이 풀립니다.' 그가 하는 연구는 뇌를 아주 얇게 잘라서 단면을 모아 뇌의 작동 방식을 밝히는 실험을 하는 거였다. 통합세기 이전부터 이어져왔다는 이 연구에 따르면 인간의 뇌는 현재의 기술로 대략 2천 개에서 3천 개의 얇은 면으로 자를 수 있다. 과학자가 하는 일이 겨우 뇌를 식빵처럼 자르는 일이라니. 최 박사가 누군가의 뇌를 해체하는 장면을 상상하니 조금 불쾌해졌다. 그사이 필에게서 메시지가 도착했다.

—아래 코드를 넣어봐. 통할진 모르겠다만. 근데 갑자기 왜 이게 필요해?

나는 답장 대신 필이 전송한 코드를 넣고 다시 한번 문장을 써넣었다. 그러자 이전까지 '접근 권한 없음'이라는 응답만 반복하던 넷은 처음으로 다른 답을 주었다.

'더 높은 접근 권한 필요.'

그걸 보니 머리가 아팠다. 나는 스크린을 끄고 의미의 세계에서 빠져나왔다. 그리고 남겨둔 위스키를 찾아 부엌 쪽으로 향했다.

16

기록부를 상징하는 펜 모양의 커다란 조형물이 놓인 사무실에서는 오전 내내 집중이 잘 되지 않았다. 밤늦게 마신 위스키 때문에 속이 불편하기도 했고, 불쑥불쑥 끼어드는 늑대에 대한 생각 때문에 주의가 산만하기도 했다. 오늘도 내 임무는 변함없이 어제의 일들에 대해 기록하는 것이었다. 12개의 자치구와 26개의 구역으로 나뉜 통합정부의 하루를 일목요연하게 정리해 기록하는 것. 장관은 기회가 있을 때마다 조직원들에게 우리는 역사를 쓰는 사람들이니 자긍심을 가지라고 말했지만, 실상 우리 부는 정부 조직 중에서 가장 힘없고 약한 부서였다. 오늘 오전에 내가 입력한 내용은 17건의 일상, 5건의 행사, 2건의 사건 사고다. 기억에 남는 것을 떠올려보려 하지만 특별한 것은 없다. 나는 무엇을 적고 있는 걸까?

점심시간에 나는 단백질 B를 선택해서 먹었다. 뭉뚱그려 고기라고 부르는 물질. 포장을 벗기자 따끈하고 향긋한 냄새가 콧속을 파고들었다. 먹기 좋게 잘린 조각들을 하나씩 입에 넣었다. 육질은 부드럽고 소스는 달콤하다. 용기 옆면의 성분을 확인했다. 옹룰, 밧, 폰쉬, 스온, 슈퍼피그, 캐이신. 반은 이름을 아는 동물이었지만 반은 모르는 동물이었다. 오직 단백질을 제공하기 위해 만들어진 새로운 종들. 이 종들은 일정 기간 존재하다가 멸종해버린다. 그리고 비슷하지만 다른 이름의 동물이 만들어진다. 늑대라고 다를 건 없었다. 나는 늑대를 본 적이 없다. 교육과 넷 속의 정보를 통해 늑대를 안다고 믿고 있을 뿐.

오후 일과가 시작되자마자 회의가 열렸다. 가상의 테이블에 한 명씩 로그인할 때마다 홀로그램이 켜졌다. 국장이 들어오기 전까지 사람들은 어제 일어난 살인 사건에 대해 이야기했다.

"이런 걸 기록하면 재미있을 텐데."

누군가 말했다.

"괜히 골치 아픈 일 만들지 마세요. 범죄 기록이 시스템에 무슨 도움이 되겠어요."

"경찰이 알아서들 하겠죠, 뭐."

뒤늦게 로그인한 국장은 스크린에 떠 있는 앞선 대화들을 살펴보더니 특유의 딴소리를 보탰다.

"역시 늑대가 사는 곳은 뭐가 달라도 달라. 유괴에 살인이라니. 요즘 같은 시대에."

대화를 나누던 몇몇이 말을 멈추고 고개를 끄덕였다.

"늑대요?"

가만히 있던 나는 놀란 티를 내지 않으려고 애쓰면서 물었다. 국장은 눈을 찡긋하며 알아들었다는 듯 손가락을 빙빙 돌렸다.

"아, 자네들은 모르지? 역시 통합세대인 건가. 나만 나이 먹은 것 같은 기분이군. 지금이야 소돔이니 범죄 다발 구역이니 이렇게 부르지만, 나 어릴 땐 다들 거기를 늑대라고 불렀다고."

"왜죠?"

"왜냐고?"

국장은 입꼬리를 비스듬하게 올리며 웃었다.

"다 말해주면 재미없지. 자, 회의 시작합시다."

사람들은 더 이상 묻지 않았다. 나 역시 마찬가지였다. 의미 없는 회의가 끝나자마자 나는 넷에 들어가 지도를 찾았다. '범죄 다발 구역 소돔'을 키워드로 넣자 해당 지역이 표시됐다. 공식 명칭은 F구역이었다. 확대와 축소를 반복했지만 지도로만 봐서는 무슨 말인지 감이 잘 오지 않았다. 화면을 뚫어지게 쳐다보고 있는데 뒤에서 누군가 어깨 위로 손을 올렸다.

"진짜 찾아보려고?"

국장이었다.

"호기심이 생겨서요."

국장은 눈앞의 화면 속으로 손을 넣더니 소돔의 지도를 쥐고 좌우로 한 번, 위아래로 한 번 뒤집었다. 그리고 능숙한 손놀림으로 테두리를 붉은 선으로 표시했다. 그러자 방금 전까지 보이지 않던 다른 상이 나타났다.

"보여?"

날카로운 콧날. 깊은 눈과 긴 목. 삼각형으로 뾰족한 귀. 흐릿한 윤곽뿐이었지만, 눈앞에 보이는 건 분명 늑대였다. 먼 곳을 바라보고 있는 늑대의 옆모습. 멍하게 화면을 쳐다보고 있는데 국장이 내 어깨를 두드리며 한마디 했다.

"호기심을 조심해야 해. 패가망신한 사람들도 다 처음엔 호기심이었다고. 알아?"

17

퇴근 직전에 아내에게 메시지를 보냈다.

—찾았어, 늑대.

미아는 몹시 흥분하며 그게 뭐냐고 물었다. 자초지종을 설명했더니 아내는 늑대가 소돔을 가리키는 별칭이라는 말에 약간 놀란 것 같았다.

—내일 같이 가. 꼭.

아내는 오늘 늦게까지 마쳐야 할 일이 있다고 했다. 요즘 들어 미아는 부쩍 야근이 잦았다. 금요일마다 늦는 것도 불만이었는데 목요일인 오늘까지 늦다니. 하지만 오늘만큼은 그 말이 반가웠다. 바로 답장을 보냈다.

　―그래.

　미아는 늘 생각보다 행동이 앞서는 사람이었다. 그러니 세탁실에서 시를 쓰고, 나와 결혼을 하고, 아무도 갖지 않으려는 아이를 가진 거겠지. 하지만 이건 내 일이었고, 아버지와 어머니와 최 박사가 얽힌 일이었다. 결코 달갑지 않은, 끊어버리고 싶은 과거와의 연결 고리였다. 나는 그녀가 이 일에 또 하나의 변수가 되는 것, 무엇보다 그녀가 위험에 노출되는 것을 원치 않았다. 그곳엔 혼자 가야 했다.

　저녁 6시가 되자 국장을 필두로 직원들이 하나둘 사무실을 빠져나갔다. 건성으로 인사를 주고받으며 나는 지도를 좀 더 자세히 들여다보았다. 범죄 다발 구역 중에서도 늑대의 귀 모양에 해당하는 부분은 유독 건물들이 촘촘히 들어차 있었는데, 심지어 대부분은 전쟁 전에 지어진 건축물이었다. 모세혈관처럼 가늘게 이어진 골목들 사이로 동선을 그려보다가 금세 포기하고 말았다. 대신 실제 전체 도로를 홀로그램으로 띄워 8배속으로 걸어보는 편을 택했다. 실제 예상 소요 시간은 다섯 시간이 넘었다.

　짐을 챙겨 나가려는데 요란한 소리가 울렸다. 할당량 경보였다. 스크린에는 오늘 치로 채워야 하는 53건의 기록 중 2개가 모자라다는 메시지가 떠 있었다. 늑대의 귀 때문에 딴짓을 하느라 시간을 허비한 모양이었다. 다시 자리에 앉아 빈 문서를 열었지만, 마음이 급한데 이것까지 하고 있으려니 글이 더 써지지 않았다. 시간이 흐를수록 초조함만 더해졌다. 이제 사무실에는 나 혼자뿐이었다.

겨우 할당량을 채우고 일어나 기지개를 펴다가 책상마다 놓여 있는 펜 모양의 작은 조형물에 눈길이 머물렀다. 사무실 가운데 있는 커다란 조형물과 완전히 똑같은 미니어처. 기록부의 상징. 장식용 거치대 위에 오른쪽이 올라간 대각선 형태로 고정된 은색 펜은 끝이 삼각형으로 뾰족했다. 세기 전 사람들은 이런 펜을 만년필이라고 불렀다지. 그걸 보는데 갑자기 울화가 치밀었다. 이런 의미 없는 기록을 하는 데 이제까지의 내 삶을 모두 써왔다니. 더 화가 나는 건 그다음이었다. 이런 의미 없는 기록을 하기 위해 내 나머지 삶을 살아야 하다니. 순간 나도 모르게 흉물스러운 조형물을 내리쳤다. 조형물은 바닥에 떨어지자마자 둔탁한 소리를 내며 펜과 거치대로 분리되어버렸다. 나는 얼른 펜과 거치대를 주워 가방에 넣고 사무실을 빠져나왔다. 어딘가에 녹화되었을 이 장면을 누구도 발견하지 못하기를 바라면서.

18

회사 앞 정류장에 서 있을 때 비가 내리기 시작했다. 정기 인공강우가 시작되었습니다. 익숙한 아나운서의 목소리가 흘러나오더니 곧 장대비, 15mm, 1시간이라는 글씨가 정류장 지붕 스크린에 차례로 출력됐다. 거리에 낮게 잠복해 있던 먼지와 콘크리트 냄새가 아지랑이처럼 올라왔다. 가볍게 머리가 지끈거렸다. 가방을 열고 우산을 찾으려는데 UDC가 먼저 번쩍였다. 음성 모드로 걸려온 전화였다.

"바빠?"

필이었다.

순간 나는 그에게 오늘의 행선지를 밝힐까 고민했다. 누군가에게 도움을 받을 수 있다면 나쁠 것 없다. 필이라면 기꺼이 그 누군가가 되어줄 것이다. 하지만 곧 그 말을 꺼내기가 꺼려졌는데, 책과 종이에 관해서라면 필에게도 누구 못지않은 트라우마가 있을 거라는 생각이 들어서였다. 변절한 아버지나 변절하지 않은 아버지나 자식에게 상처가 되는 건 마찬가지다. 어떤 이야기는 그림자 속에 남아 있는 게 더 낫다.

"응, 일이 있어서. 왜?"

내가 말했다. 그러자 그는 별일 아니라는 듯 예의 높은 목소리로 답했다.

"비도 오는데 술이나 한잔 하려고 했지. 바쁘면 말고."

필과는 퇴근 이후 종종 만나 가볍게 식사를 하거나 술을 마시곤 했다. 모두가 부러워하는 정보부에서 나름대로 잘나가고 있는 그였지만, 만나서 이야기해보면 업무적으로 받는 스트레스가 이만저만이 아닌 모양이었다. 그게 업무의 과중함 때문인지, 아니면 일의 종류나 진행 방식 때문인지 구체적으로는 알지 못했다. 궁금해서 질문 비슷한 걸 던지면 필은 그쯤에서 말을 그쳤다. 어느 때 보면 속 시원히 말하지 못하는 것 자체가 스트레스인 것 같기도 했다. 다만 어떤 화제로 이야기를 시작하더라도 필은 비슷한 말로 결론을 대신했다. 알면 알수록 소름 끼쳐, 이 정부는. 그럴 때마다 나는 딱히 해줄 말이 없어 어색하게 고개만 끄덕이거나 다 비지도 않은 술잔을 채웠다.

전화를 끊고 나서 한동안 지붕 밖으로 세차게 내리는 비를 바라보았다. 비를 막아주는 투명한 지붕 스크린에서는 여전히 강수 정보와 뉴스 헤드라인, 광고, 그리고 지상철 운행 현황이 번갈아 표시되고 있었다. 집으로 가는 A3701번과 소돔으로 가는 F1008번은 비슷한 시간에 도착할 예정이었다. 다 정한 줄 알았던 마음이 또 한번 흔들렸다. 첫 번째 지상철을 타면 7자 치구의 집으로 돌아갈 수 있다. 아무 일 없었다는 듯 집에 가서 쉴 수도 있고, 아니면 필에게 다시 전화를 걸어 당장 펍에서 보자고 할 수도 있다. 찝찝한 마음은 남을 수도 있겠지만 그런 감정이야 무시하면 그만이다. 내 삶은 조금도 변하지 않을 것이고, 나는 일상을 지킬 수 있을 것이다.

하지만 다른 차를 탄다면.

그때는 모든 것이 변할 것이다. 어쩌면 돌이킬 수 없을 만큼 영원히.

그렇게 생각하자 오래전 집을 떠나 기숙학교를 향할 때처럼 알 수 없는 막막함이 밀려들었다. 저 멀리 어둡고 흐릿한 하늘에서 불빛들이 보이기 시작했다. 지붕 밖에서 내리는 비는 어느새 바지 끝을 적시고 있었다. 영원히 젖지 않는 바지를 입으세요. 이 바지의 광고 문구가 떠올랐다. 100퍼센트 방수가 가능한 재질. 물에 들어가도 젖지 않는 바지. 정류장 안으로 들이치는 세찬 빗물에도 바지는 정말로 젖지 않았다. 반면 얼굴과 손가락에 튄 빗물은 잠시 차갑게 맺혔다가 피부를 간지럽히며 미끄러져 내렸다. 갑작스러운 냉기 때문에 피부 끝이 곤두서는 게 느껴졌다.

나는 고개를 숙여 발끝을 내려다보았다. 바지는 제 역할을 톡톡히 해내고 있었다. 그런데 잘 샀다는 생각보다는 어색하고 불쾌한 기분이 들었다. 바지는 마치 문제가 있는데 문제가 없다고 말하는 사람 같았다. 하지만 그런 건 아니었다. 내 삶도 마찬가지였다. 한 걸음 밖에서는 폭우가 쏟아지고 있는데 좁은 지붕 아래서 방수 바지를 입은 채 괜찮다고 말하며 살아왔다. 그렇게 하면 정말로 괜찮은 줄 알았다. 정말로 괜찮다고 믿었다. 하지만 그게 아니었다.

예고대로 A3701번과 F1008번은 거의 붙어서 도착했다. 곧 요란한 소리와 빛을 뿜어내며 열차 두 대가 정류장 앞뒤로 내려오기 시작했다. 마치 고래라 불리는 거대한 수중 생물의 울음소리 같았다. 나는 중간쯤에 서서 우산을 펼쳤다.

시간이 얼마 남지 않았어요. 그 전에 그걸 찾아야 하니까요.

자신을 위은이라 소개한 여자의 목소리가 둔탁한 기계의 노래 사이로 들려오는 듯했다. 착륙이 끝나고 두 개의 문이 열렸을 때 나는 뒤차를 선택했다. 지상에서의 마지막 발걸음을 떼는 순간 정류장 바깥 웅덩이에 고여 있던 물이 바지에 튀었다. 고래가 입을 닫고 날아올랐다.

19

자치구 경계를 벗어나자 창밖으로 어둠이 시작됐다. 항로를 표시하는 초록색 광점과 지상에 흩뿌려진 노란 불빛을 제외하고는 이렇다 할 빛이 보이지 않았다. 유일하게 존재감을 드러내는 빛은 자치구와 F구역 경계선에 있던 대형 전광판뿐이었는데, 그마저도 멀어지면서 점점 작고 희미해졌다. 거기 들어가면 모든 게 다 세기 전으로 되돌아가. 국장이 해준 말이 생각났다. 자치구에 속한 마지막 정류장에서 거의 모든 승객이 내려버리는 바람에 객차에는 네댓 명 정도만 남아 있었다. 나는 스크린 속 노선표를 확인하며 호흡을 가다듬었다.

종점에 이르렀을 때 열차 안에는 나까지 두 사람뿐이었다. 우산을 들고 땅을 밟고 보니 어느새 비가 그쳐 있었다. 모든 승객을 비운 지상철은 공중에서 방향을 바꿔 도시 쪽으로 돌아갔다. 나와 함께 내린 사내는 중절모를 깊게 눌러써서 얼굴이 잘 보이지 않았는데, 내리자마자 구식 담배를 꺼내 물고 불을 붙였다. 곧 진한 연기가 피어올라 어둑한 공기 속으로 퍼져나갔다. 자치구에서는 상상도 할 수 없는 일이었다. 그 냄새를 맡자 비로소 야만의 세계로 들어왔다는 게 실감 났다. 나는 뒤돌아 사내가 걷는 반대쪽으로 걷기 시작했다.

소돔의 거리에서는 흙과 기계기름과 폐기물이 한데 섞인 기묘한 냄새가 났다. 도로와 인도는 여기저기 깨져 있었고, 어떤 구간은 아예 지구의 맨살이 드러나 있기도 했다. 지금은 아니라는 걸 아는데도, 어려서부터 흙의 위험성에 대해 너무 많은 교육을 받았기 때문에 나는 흙을 직접 밟지 않으려고 최대한 노력하며 걸었다. 길 양쪽에는 노란색 가로등이 늘어서 있었는데 선명하게 빛나는 것은 많지 않았다. 대개는 꺼지거나 깨져 있었고, 그나마 남아 있는 것들도 희미하거나 깜빡거리기 일쑤였다. 나는 아까 지상철에서 드문드문 내려다보이던 노란 불빛의 정체를 깨달았다. 거리는 희뿌연 노란 안개 속에 가려진 쓰레기장 같았다.

UDC를 들고 늑대의 귀 테두리에 해당하는 삼각형 경로를 따라 움직였다. 계산해보았던 모든 경로는 시간상 다 걸어볼 수도 없고, 걷고 싶지도 않았다. 아내에게 들키지 않으려면 나에게 허락된 시간은 아무리 해봐야 서너 시간에 불과했다. 나는 주위를 둘러보며 걸음을 재촉했다. 도시보다 온도가 더 낮아서인지 피부 끝 잔털들이 곤두섰다가 가라앉기를 반복했다.

늘어서 있는 건물들은 한눈에도 낡아 보였다. 군데군데 불이 켜진 곳도 있었지만 창 너머로 보이는 그림자는 없었다. 공기 중에는 살아 있는 것도, 그렇다고 완전히 죽어 있는 것도 아닌 묘한 기운이 감돌았다. 나는 지금과 비슷한 기분을 오래전 학교에서 느낀 적이 있다는 걸 기억해냈다. 아마 역사 시간이었을 것이다. 시뮬레이션 머신 속에서 밤새 적군의 공습을 견

딘 어느 세기 전 도시의 아침 거리를 걸어본 적이 있는데, 그때의 기분이 이랬다. 도시의 이름이 생각날 듯 말 듯 입안에서 맴돌았다.

그때 머리 위로 검은 비히클 한 대가 쏜살같이 날아왔다. 나는 반사적으로 움직여 가장 가까운 건물과 건물 사이의 좁은 틈에 몸을 구겨 넣었다. 한 사람이 겨우 들어갈 만한 너비였다. 발밑에서 동물의 사체가 썩는 것 같은 악취가 코끝을 덮쳤다. 나는 코를 움켜쥐고 하늘을 바라보았다. 비히클은 무엇을 찾는 것처럼 공중에 멈춰 느리게 한 바퀴 회전하더니 다시 북동쪽을 향해 날아갔다. 저기엔 누가 타고 있을까. 혹시 나를 따라온 걸까. 요란한 엔진 소리가 흔적처럼 남겨진 검푸른 하늘 위에 위은의 얼굴이 겹쳐 보였다.

틈에 기댄 채 나는 가방에서 어머니가 준 구식 열쇠를 꺼냈다. 작은 열쇠와 큰 열쇠가 하나의 고리에 묶여 있었다. 하나는 서재의 열쇠였지만 다른 하나는 알 수 없었다. 그러다 알파벳 B가 새겨진 원형 고리에 눈길이 갔다. 이 알파벳은 뭘 의미하는 걸까. 늑대와는 무슨 관련이 있을까. 손톱 끝으로 고리를 긁으며 생각하는데, 뒷면에서 미세하게 뭔가 걸리는 느낌이 났다. 나는 고리를 뒤집어 UDC의 빛을 비췄다. 거기에는 아주 작은 글씨가 양각되어 있었다. 한참을 들여다보고 나서야 나는 그것이 세 자리 숫자라는 사실을 알았다.

20

건물 사이를 빠져나와 서쪽을 향해 걷기 시작했다. 나도 모르게 걸음이 빨라졌다.

원형 고리 뒷면에 새겨져 있는 숫자는 '529'였다. 그걸 보고 가장 먼저 떠오른 건 주소였다. 검색해보니 자치구와 각종 구역을 통틀어 '529'라는 숫자가 들어가는 주소는 모두 173곳이었는데, 그중 F구역 '늑대의 귀' 영역에 해당되는 주소는 세 곳이었다. F구역 398섹터 529번지, 401섹터 529번지, 404섹터 529번지. 지도를 켜고 위치를 확인한 다음 가장 가까운 398섹터로 향했다. 속도를 내어 걷다가도 멀찍이 행인이나 차가 나타나면 잠시 건물에 붙어 움직이지 않고 기다렸다. 굳이 목격자를 만들고 싶지 않아서였다.

10분쯤 걸어 도착한 곳은 창고처럼 보이는 단층 건물이었는데, 푸르스름하게 빛나는 주소창 옆에는 복합 생체 인식 잠금장치가 설치되어 있었다. 구식 열쇠가 들어갈 곳으로는 보이지 않았다. 혹시나 하는 생각에 문을 두 번 두드리자 갑자기 붉은 경고등이 깜빡거리면서 사이렌이 울리기 시작했다. 나는 재빨리 몸을 돌려 전속력으로 달렸다. 이삼 분쯤 달리다가 모퉁이를 돌아 뒤를 살펴보니 벌써 사설 경비업체 차량이 빛을 비추며 착륙하고 있었다. 내 인상착의가 녹화되거나 신원이 파악된 건 아닌지 걱정스러웠지만 그렇다고 돌아가서 확인해 볼 수도 없었다. 서둘러 401섹터로 발길을 옮겼다.

401섹터 529번지에는 소돔에 어울리지 않는 고층 빌딩이 솟아 있었다. 눈대중으로 봐도 30층은 족히 될 듯한 높은 건물 전체를 두꺼운 방탄벽이 둘러싸고 있고, 좁은 입구 한쪽에 '트라이톤'이라는 현판만 덩그러니 걸려 있었다. 빌딩 곳곳에 아직까지도 불이 켜져 있었지만 그것만으론 어떤 회사인지 알 수 없었다. 두리번거리고 있으니 입구 안쪽에서 가슴에 크게 T라는 마크를 새긴 경비 로봇이 머리보다 큰 바퀴를 움직이며 다가왔다.

─무슨 용건이십니까.

매끈한 표면으로 처리된 얼굴에서 어울리지 않는 중저음의 남성 목소리가 흘러나왔다. 나는 로봇의 얼굴 스크린에 뜬 예시 답안 중 '해당 사항 없음'을 누르고 빌딩을 지나쳐 404섹터 쪽으로 향했다. 경비 로봇은 내가 다음 사거리에서 왼쪽으로 꺾어 사라질 때까지 그 자리에서 움직이지 않고 나를 지켜보았다.

404섹터 500번대 번지수에 이르렀을 때쯤 피로가 몰려왔다. 시간은 벌써 9시 30분을 넘겼다. 집에 돌아가는 데 지상철만 한 시간 이상을 타야 한다는 걸 감안하면 지금쯤 돌아가야 한다는 생각이 들었다. 10시가 넘으면 야근하는 아내도 집에 돌아올 것이다. 내가 집에 없는 걸 어떻게 설명해야 할까? 또 다른 거짓말을 해야 할까? 아내는 내가 뭐라고 대답해도 뭔가 이상하다는 걸 알아챌 것이다. 너무 아무런 계획 없이, 즉흥적으로 온 게 아니었나? 이건 나답지 못한 일이었다. 이 시간에 내가 이렇게 낯선 곳에서 알지도 못하는 뭔가를 찾아 헤매고 있다는 게 몹시 우스꽝스럽고 비현실적인 일로 느껴졌다.

하지만 정말로 당황스러운 일은 그다음에 일어났다. 528번지를 지나 걸음을 멈춘 순간 거기엔 530번지가 있었기 때문이었다. 왔던 길을 몇 번이나 되돌아가 확인했지만 결과는 마찬가지였다. 528번지 다음에 530번지가 있었다. 529번지는 존재하지 않았다.

누적된 피로에 허탈함까지 더해지자 거의 주저앉고 싶은 심정이 되었다. 이해할 수가 없었다. 애초부터 없는 주소라면 왜 넷에서 검색되었던 걸까? 이런 식이라면 없는 주소도 모든 자치구와 모든 구역에 존재해야 하지 않는가? 단순한 검색 오류일까? 그때 문득 저녁을 먹지 않았다는 걸 깨달았고, 그러자 굶주린 늑대처럼 허기가 찾아왔다. 그 사실을 모를 때는 배가 고픈지조차 몰랐는데 이제는 온종일 굶은 사람처럼 속이 허했다. 나는 잘 작동하지 않는 뇌를 움직여보려 애썼다. 528번지 다음에 530번지. 528번지 다음에 530번지.

두 번지수 사이를 왔다 갔다 하다가 건물들 사이에 좁은 틈이 있다는 걸 발견했다. 너무 좁아서 있는 줄도 몰랐던 공간이었다. 여기에 비하면 아까 내가 숨었던 틈은 넓은 편이었다. 나는 망설이다가 몸을 옆으로 돌려 틈새로 들어가려고 시도했다. 처음엔 잘 들어가지 않았지만 오른팔을 먼저 비스듬히 밀어 넣고 나머지 몸을 당기자 통과할 수 있을 것 같기도 했다. 그러나 중간쯤 틈 사이에 옴짝달싹할 수 없게 몸이 끼어버렸을 때는 도저히 불가능하다는 생각이 들었다. 가슴과 배가 벽에 눌려 아팠고 숨이 제대로 쉬어지지 않았다. 불과 몇 분 전의 내가 원망스러웠지만 그렇다고 뒤로 움직일 수도 없었기 때문에 계속해서 힘을 주었다. 허공을 휘젓던 손끝에 모서리 같은 게 만져져서 그걸 잡고 힘껏 당겼다. 그러자 어느 순간 몸이 반대쪽으로 빠져나오면서 살짝 공간이 넓어졌다. 알고 보니 진입하는 부분의 폭이 특히 좁은 거였다.

건물 사이의 조금 더 넓은 공간으로 들어왔지만 여전히 똑바로 걷기에는 좁은 길이었다. 나는 옆걸음으로 걸어 앞으로 나아갔다. 어디선가 이대로 갇혀버리는 건 아닌가 하는 두려움이 악취처럼 나타나 코끝에 달라붙었다. 스무 걸음 정도 들어갔을 때, 저 끝에 희미한 불빛 같은 게 보였다. 제대로 고개를 돌려 옆을 볼 수는 없었지만 조금씩 속도를 냈다. 마침내 어느 지점에 이르자 양쪽 벽이 움푹 들어간 더 넓은 공간이 나왔다. 길의 끝은 막다른 벽이었는데, 가운데 녹슨 철문이 있었다. 불빛은 문 오른쪽에서 흘러나오고 있었다. 나는 비로소 어깨를 펴고 바로 섰다. 멀리서 내가 보았던 빛은 주소창의 푸른빛이었다. F구역 404섹터 529번지.

21

암갈색 철문의 표면은 부식이 많이 진행됐는지 여기저기 일어나 있었다. 종이처럼 얇은 금속 표면을 손으로 만지자 금세 바스러졌다. 문은 손잡이가 달린 일자 모양의 빗장으로 잠겨 있었는데, 아래쪽에는 주먹만 한 구식 자물쇠가 달려 있었다.

가방에서 열쇠를 꺼낼 때 손가락이 조금 떨렸다. 추워서일 거라고 생각했지만 그게 아니라는 걸 잘 알고 있었다. 열쇠고리에 새겨진 숫자가 인도한 곳. 눈앞에는 어릴 적에나 보던 자물쇠가 있고 손에는 남은 열쇠 하나가 있었다. 마음속에 상반된 두 가지 생각이 교차했다. 이 열쇠가 맞지 않으면 어떡하지. 아니, 맞으면 어떡하지. 어느 쪽이 진심인지는 가늠하기 어려웠다.

가라앉지 않는 마음으로 자물쇠에 열쇠를 밀어 넣었다. 단번에 끝까지 들어간 열쇠가 자물쇠 안에서 헛돌았다. 그제야 나는 작은 열쇠를 넣었다는 걸 깨달았다. 서재 앞에서 했던 실수를 똑같이 반복하고 있었다. 아버지의 서재에 맞지 않았던 큰 열쇠를 자물쇠에 다시 밀어 넣었다. 열쇠는 뻑뻑하지만 단단하게 끝까지 들어갔다. 오른쪽으로 열쇠를 돌리자, 이번에는 자물쇠 몸통이 내 심장처럼 아래로 툭 떨어졌다. 나는 걸쇠를 들어 왼쪽으로 치우고 문을 밀었다. 육중한 무게의 문짝이 천천히 움직였다.

실내는 완전히 어두웠다. 더듬거려 스위치 비슷한 걸 찾아보려 했지만 아무것도 손에 잡히지 않았다. 방 중앙에 희미한 붉은 점이 보여 더듬더듬 그쪽만 보고 걸었다. 붉은 점 가까이 다가갔을 때 뒤쪽에서 갑자기 큰 소리와 함께 둔탁하게 무너지는 것 같은 소리가 났다. 뒤돌아보니 조금 전까지만 해도 희미하게 보이던 문이 사라져 있었다. 뭐가 어떻게 된 건지 알 수가 없었다.

그때 중앙의 붉은 점에서 광선이 뻗어 나오기 시작했다. 광선은 마치 스캔을 하듯 주변을 몇 바퀴 훑다가 잠깐 동안 나를 위아래로 비추더니 사라졌다. 그리고 붉은 점이 있던 자리에 홀연 한 사람이 나타났다. 나는 그 얼굴을 보고 거의 주저앉을 뻔했다.

"아들아."

아버지였다.

조금 벗어진 이마, 흰색과 회색이 섞인 머리카락, 구식 안경테, 살짝 비뚤어진 입과 뭉툭한 턱에 이르기까지 모든 것이 그대로였다. 잡혀가기 전 아버지의 모습. 너무 젊어서 믿을 수가 없을 정도의 아버지였다. 순간적으로 혼란스러웠다. 잠시였지만 이 모든 일이 꿈이거나, 아니면 지금까지의 내 기억이 모두 거짓일지도 모른다는 생각이 들었다. 어쩌면 아버지는 어딘가에, 내가 알지 못하는 방법으로 살아 있었던 게 아닐까?

"아들아."

그러나 아버지가 똑같은 표정으로 똑같은 말을 다시 한번 내뱉었을 때, 얼굴이 노이즈 때문에 살짝 뭉개지는 것을 보고서 나는 그게 홀로그램이라는 걸 알았다. 최근 등장한 완전 반응형 홀로그램이 아니라 제한적 기능만을 가진 초기 홀로그램이라는 증거였다. 여기서 내가 대답하지 않으면 아마 홀로그램 속 아버지는 계속해서 나를 부를 것이다. 아들아. 아들아. 아들아. 차라리 그대로 놔두고 가버리고 싶은 마음도 들었다. 그러면 아버지에게 복수하는 게 되지 않을까? 그사이 또 한번 나를 부르는 소리가 들려왔다. 아들아. 나는 그 소리가 듣기 불편했다. 어차피 퇴로는 막혀 있고, 그게 뭐든 이제 아버지와 해결해야 한다.

"네."

"와줘서 고맙다."

아버지의 다음 말은 뜻밖이었다. 또 무슨 설교를 늘어놓거나 헛소리를 하거나 되지도 않는 임무를 주는 게 아닐까 의심하고 있었는데. 홀로그램 속 아버지가 또 같은 말을 반복하려는 것 같아 나는 재빨리 반응했다.

"다음."

내 말을 해석하는 데 시간이 걸리는지 홀로그램은 잠시 멈춘 듯한 상태를 유지했다. 자세히 보니 아버지의 표정은 그리 편안해 보이지 않았다. 눈은 충혈되고 입매는 굳어 있는 데다 얼굴 속 주름들은 딱딱했다. 그는 분명 긴장하고 있었다. 나는 눈앞의 아버지보다 홀로그램 밖의 상황이 더 궁금해졌다. 아버지는 왜 이런 걸 찍었을까. 누구의 아이디어일까. 찍고 있는 건 누구며, 이걸 만들어서 지금 재생하고 있는 사람은 누굴까.

무얼 위해서, 왜 지금 나에게? 대답을 들을 수 없는 질문들이 이어졌다.

"지금 네가 이걸 보고 있다는 건 아마 내가 이미 이 세상에 없고, 너를 만나야만 하는 급박한 상황이 전개되고 있다는 말이겠지. 그게 언제일지 모르지만, 그래서 마음이 편치는 않다. 하지만 필요한 일이고 해야 하는 일이겠지. 그렇게 믿고 이야기를 하려 한다."

아버지가 말했다. 이번에는 내 반응 없이도 홀로그램이 계속 이어졌다.

22

"내가 좋은 아버지가 아니었다는 건 나도 알고 있다. 너에겐 물어볼 필요도 없겠지. 다섯 살 때였나. 말을 배운 이후 언젠가 너는 내게 네 아버지가 맞냐고 물어본 적도 있다. 그때 뭐라고 답했는지는 잘 기억이 나지 않아. 아마 화를 냈던 것 같다. 하지만 그때 너의 표정만큼은 생생하게 기억하고 있다. 장난스러운 표정이 아니었어. 나는 그 순간 네가 정말 진심으로 궁금해하고 있다는 걸 느꼈다. 그리고 네 표정을, 단순히 문자적인

그 질문 말고, 온전히 받아들이는 데는 내게도 꽤 오랜 시간이
필요했다."

아버지가 말을 이었다.

"내 무심함을 그럴듯하게 포장하려는 건 결코 아니다. 그때
말 못 한 대답부터 하자면 아쉽게도 나는 네 친부다. 네 엄마가
너를 낳을 때 나도 거기 있었으니까. 통합세기 2년 1월 21일
새벽 2시 55분. 시간까지 생생히 기억하고 있지. 네 엄마가 진
통을 스물여덟 시간이나 했거든. 19일 밤에 들어가서 21일 새
벽에 나왔으니까. 꽤 험한 수술이었다. 네가 나온 뒤 나는 너와
엄마를 연결하고 있던 탯줄을 잘랐다. 한 번에 잘리지 않아 가
위질을 여러 번 해야 했어. 탯줄이란 게 그렇게 질기고 피가 많
이 나오는 줄 그 전에는 몰랐다. 젊은 의사가 말했다. 출산이야
말로 의학에서 선사시대부터 지금까지 근본적으로 달라지지
않은 거의 유일한 분야라고."

나는 빨리 감기 버튼이 있기를 간절히 바랐다. 배가 고팠고
다리가 아팠다. 제발. 용건만 간단히.

"하지만 내 생각에 근본적으로 달라지지 않은 건 또 있다. 인
간이 내면을 가진 존재라는 것. 생존을 위해 이야기를 만들고
퍼뜨리고 공유하는 동물이라는 것. 종이를 묶어 책을 만들고
그 책 속에 온갖 생각들을 구겨 넣어 서로 읽고 쓰고 공감하고

기억하고 행동하고 말하며, 때로는 그것을 통해 변화하기도 한다는 것."

"다음."

입을 열었지만 홀로그램은 반응하지 않았다. 움직임을 인식할까 싶어 손을 흔들어보았지만 마찬가지였다. 꼼짝없이 끝까지 봐야 하는 모양이었다.

"그런데 그걸 하지 못하게 하는 사람들이 나타났다. 그래, 정부 얘기다. 너라면 지긋지긋하게 들어왔을 이야기지. 어쩌면 넌 이미 정부에 맞서 싸우고 있을지도 모르겠다만."

나도 모르게 빈 웃음이 새어 나왔다. 그런데 어쩌죠? 난 바로 그 정부를 위해 일하고 있습니다. 바로 당신 때문에. 나는 아버지가 이 아이러니를 알 수 있었다면 더 좋았을 거라고 생각했다. 아버지가 모르는 것 한 가지. 이야기에는 늘 아이러니 팩터라는 게 존재하고, 이야기의 핵심은 하고 싶은 이야기를 정확히 전달하는 게 아니라 전혀 생각도 못한 이야기를 하게 된다는 데 있다. 내가 직장에서 셀 수 없이 많은 사건과 이야기들을 입력하며 얻은 교훈은 그것 하나다. 이야기는 늘 원치 않는 방향으로 흘러간다. 아버지의 인생도, 예측도, 내 현재와 아직 오지 않은 미래도.

"이 정부는 도대체 왜 책을 금지할까. 책이란 건 말 그대로 아무것도 아닌데. 기껏해야 종이 수백 장을 풀이나 실로 얼기설기 이어 붙인 것에 불과한데. 표면적으로 그건 전쟁 때문이다. 통합정부를 탄생시킨 바로 그 전쟁."

전쟁이라면 내가 태어나기 전에 이미 끝난 그 전쟁을 말하는 거였다. 통합세기 이전 세대였던 역사 선생은 그것을 '책과 종이의 전쟁'이라고 불렀다. 종이를 통해 전파되는 바이러스. 그게 모든 일의 시발점이라고 했다. 원래 전쟁이란 하나의 탄환, 한 사람의 죽음으로 촉발되는 것이 아니던가. 그 전쟁도 예외는 아니었다. 한 권의 책이 전 세계 규모의 전쟁을 일으켰다. 물론 나중에는 개별적으로 존재하던 국가들 간에 얽혀 있던 이해관계와 갈등이 수면 위로 올라왔고, 응징과 보복의 악순환 속에서 결국 모두가 공멸하는 길을 택하고 말았지만. 폐허가 된 행성을 추슬러 통합정부가 발족하는 데는 이후로도 꽤 오랜 시간이 필요했다. 실제로 역사에는 그 책의 제목도 기록되어 있다. 토머스 모어의 『유토피아』. 이제는 만질 수 없는, 오직 전자 형태로만 넷에 존재하는 문제의 책을 이리저리 살펴보며 필은 이 책의 제목이 모든 것을 반어적으로 예언하는 것 같다고 말했었다.

"그렇지만 실제론 그렇게 간단하지가 않다. 최초 감염자들이 보고 있던 책 표면에서 어저귀과 식물에 존재하던 바이러스가 변종 인플루엔자 바이러스의 형태로 발견된 이후 사람들은 그걸 '비블리온 바이러스'라고 불렀다. 그러곤 점차 광범위하고 무차별적인 도서 혐오가 생겨나기 시작했지. 막연한 공포, 전쟁 책임, 반지성주의, 정보의 편중, 극심한 양극화, 환경오염, 지배 계층을 향한 불신…… 그게 다 책에게로 돌아갔다. 모든 게 책 때문이라고 했다. 종이의 위험성과 감염 가능성뿐만 아니라 책이라는 형식 자체가 문제였다. 책은 딱딱하고 고칠 수 없으며 고정되어 있기 때문에 정보의 정확성과 투명성이 떨어지고 사회 계층 간의 불균형을 심화시킨다고 했다. 책은 공평하지 않고 일방적이며 지배 계층과 몇몇 강대국의 논리를 주입하는 도구라고 했다. 책은 자유를 억압하고 개인의 세계관을 왜곡하며 독자를 무지몽매한 계몽의 대상으로 전제하는 폭력적 수단이라고 했다. 책은 그냥 재수 없고 불길하며 아무짝에도 쓸모없는 물건이라고 했다. 그래서 세계 인구의 절반에 가까운 사람들이 목숨을 잃고 나머지 절반이 살아남았을 때, 책은 살아남을 수 없었다."

아버지가 잔기침을 했다. 홀로그램 속 아버지의 얼굴이 미세하게 찌그러졌다. 어디선가 희미하게 종이 냄새가 나는 것 같았다.

23

"통합정부가 출범한 이후 가장 먼저 한 일 중 하나는 종이책의 제작, 배포, 판매, 유통을 법으로 금지하는 거였다. 그건 단순한 입법이 아니라 대대적인 계몽운동이자 일종의 정치 캠페인이었지. 아마 들어본 적 있을 거다. 우리의 미래에 필요한 것은 책이 아니라 인격이다, 옛 지성은 재로 사라지고 그 잔해 속에서 새 인격이 탄생할 것이다, 라는 표어. 이 말은 사실 새로운 생각이 아니다. 정부나 총리가 만든 말도 아니다. 오래전 두 번째 세계 전쟁을 일으킨 나라의 선전 장관이 했던 말이지."

필에게서 그 표어를 들었던 기억이 났다. 그러고 나서 필은 어떤 단어를 말했는데, 정확히 생각이 나지 않았다. 익숙지 않은 단어였는데.

"정부가 따라 한 건 표어만이 아니었다. 그때 그 사람들이 했던 짓도 똑같이 했지. 분서가 대표적인 만행이다. 통합세기 첫해부터 10년에 이르기까지 정부는 세 차례에 걸쳐 지구상에 존재하는 거의 모든 책을 태워버렸다. 그리고 총리가 담화를 발표했다. 이제 모든 지식을 넷을 통해 공유하는 새 시대가 열렸다고. 책이 지배하던 불평등하고 독점적이며 편향된 시대가 가고, 비로소 만인이 평등한 정보의 유토피아가 시작됐다고."

단어가 생각났다. 분서. 책을 태우는 것.

"그렇지만 그건 거짓말이다. 나는 알고 있지. 만인이 평등한 시대? 정보의 유토피아? 모두 허황된 말들이다. 그럴듯하게 들리는 개수작에 불과하지. 그러고 나서 본격적인 탄압이 시작됐다. 그깟 종이책 몇백 권 몇천 권씩 가지고 있는 게 뭐 대수라고 정부가 대서수사과라는 부서까지 만들어서 우리를 쫓았겠냐. 책을 많이 가지고 있는 사람들은 대부분 책상물림에 내성적인 성격이라 사회에 해가 될래야 되기가 어렵다. 집 밖으로 나가야 뭘 하지. 늘 서재에 틀어박혀 있는데. 나 역시 마찬가지였고."

아버지는 열변을 토했다. 짧은 시간에 너무 많은 말을 쏟아내서인지 피부 표면이 아까보다 눈에 띄게 붉어졌다. 그의 말이 틀린 건 아니었다. 많은 책을 가지고 있는 사람일수록 혁명이나 반항과는 거리가 멀다. 지식과 행동은 비례하지 않으니까. 게다가 내가 아는 아버지는 사회성도 떨어졌고 대인 관계도 원만치 못했다. 꼭 아버지만 그랬던 건 아니었을 것이다. 그런데도 왜 정부는 그들을 말살하려고 달려든 걸까.

"그들이 아직도 날 감시한다는 걸 알고 있다. 언젠가 때가 되면 나를 찾아오겠지. 어떨 때 나는 스스로가 순서를 기다리는 사형수 같다. 과거에 사형수들은 늘 오른쪽으로 돌던 갈림길에서 교도관이 자신을 왼쪽으로 인도하면 그날이 자신의 집행일임을 알았다고 하지. 매일 아침 눈을 뜰 때마다 나도 생각한다. 오늘은 오른쪽일까. 아니면 왼쪽일까. 아직까지는 매일이 오른쪽이었다. 하지만 누가 알겠냐. 당장 내일이 왼쪽일지."

아버지는 거기서 잠깐 말을 멈췄다. 정지 화면은 아니었다. 그는 아래를 바라보면서 천천히 숨을 길게 내쉬었다. 그 모습은 마치 형장 앞에서 평정심을 되찾으려 노력하는 사형수처럼 보였다. 홀로그램 속 아버지는 아직 알지 못하겠지만 실제로 그의 예감은 맞았다. 통합세기 13년 9월 28일이 갈림길에서 그가 왼쪽으로 걸어간 날이었다.

"부탁이 있다. 지금은 어리지만 너도 이걸 볼 때쯤이면 성인이 되어 있겠지. 나에게 무슨 일이 생긴다면 내 오랜 벗들이 반드시 이걸 너에게 전달할 방법을 찾아줄 거다. 그때가 언제든 그 친구들을 만나야 한다. 분명 너를 기다리고 있을 거야. 내 말이 끝나고 나면 여기서 한 권의 책을 골라라. 거기에 그들에게 가는 길이 적혀 있을 거다. 지도를 수수께끼의 형태로 주는 것은 너를 믿지 못해서가 아니라, 도리어 굳게 믿기 때문이다. 열쇠가 있는 자에게 문은 통로지. 하지만 없는 자에게 문은 벽이다. 나는 너에게 열쇠가 있다고 믿는다. 내가 준 열쇠가."

24

　책을 고르라니.

　당황스러웠다. 어디서 무슨 책을 고르란 말인가? 말을 마친 아버지는 어둠 속에 유령처럼 서서 나를 응시하고 있었다. 그 환영에 손을 대거나 다음, 이라고 말하면 같은 대답만 돌아왔다. 고맙다 아들. 나는 너에게 열쇠가 있다고 믿는다.

　갑자기 사위가 밝아졌다. 천장에 달린 원형의 조명들에서 폭우처럼 노란빛이 쏟아졌다. 나는 비로소 내가 어떤 공간에 들어와 있는지를 깨달았다. 주위를 둘러보다 잠시 말문이 막혔다. 아까부터 맡아왔던 종이 냄새가 어디서 왔는지 알 것 같았다.

　책.

　내가 서 있는 공간의 모든 벽이 다 책으로 가득 차 있었다. 아버지의 서재와는 비교할 수 없을 정도로 많은 종이책이었다. 세상에서 사라진 모든 책이 다 여기 모여 있는 것 같았다. 나는 홀린 듯 서가를 따라 걸었다. 책들은 아무런 순서도 없이 여러 방향으로 꽂혀 있었다. 똑바로, 수평으로, 비스듬히, 거꾸로. 빈칸이 존재하면 큰일이라도 나는 듯이 책들은 말 그대로 벽을 빽빽이 메우고 있었다. 서가가 아니라 책으로 만든 벽이었다. 정부에서 이걸 발견한다면 어떤 일이 벌어질까를 상상하니 피가 빠르게 돌기 시작했다.

방을 중간쯤 돌았을 때 가방을 뒤져 UDC를 꺼냈다. 사진이든 영상이든 이걸 기록해야 한다는 생각이 들었다. 그러나 꺼낸 기계에는 일시적 작동 불능을 알리는 경고 메시지가 떠 있었다. 이 방 어딘가에 UDC를 무력화시키는 장치가 숨겨져 있는 게 틀림없었다. 아내의 얼굴이 잠시 머릿속을 스쳤다. 꼭 같이 가자는 그녀의 말이 떠올라 마음이 무거워졌다.

가방을 바닥에 내려놓고 서가로 다가갔다. 멀리서 봤을 때 하나의 무늬처럼 보였던 책들은 가까이서 보니 모두 조금씩 다른 색과 모습을 하고 있었다. 얇고 반질거리는 종이로 된 책, 두껍고 빳빳한 종이로 만든 책, 가죽으로 만들어 여기저기 흠집이 나 있는 책, 귀퉁이가 헐거나 불에 탄 책, 정체를 알 수 없는 검은 액체가 묻은 책, 글자가 지워져 제목이 잘 보이지 않는 책……. 가까스로 책등만 보면서 지나갈 뿐인데도 꽂혀 있는 책들은 저마다 확연히 달랐다. 적혀 있는 언어도 공용어뿐 아니라 내가 읽을 수 있는 몇몇 특수어, 알지만 읽을 수 없는 특수어와 전혀 본 적 없는 언어들이 한데 섞여 있었다. 그 배열에서는 어떠한 규칙도 찾기 힘들었다.

나는 내가 읽을 수 있는 제목들을 유심히 살피면서 천천히 걸었다. 『천의 얼굴을 가진 영웅』, 『전설의 땅 이야기』, 『돈키호테』, 『구약성서』, 『권리의 변동과 구제』, 『리어왕의 비극』, 『효과적인 호텔 경영』, 『메타포와 인간』, 『율리시스』, 『근현대 전쟁사』, 『카라마조프의 형제들』, 『신약성서』, 『종이접기 대백과』, 『근대 철학 입문』, 『그리고 아무도 없었다』…… 대부분은 모르는 책들이었지만 한두 개 정도는 예술을 다루는 수업 시간에 들어본 것 같기도 했다. 하긴 배웠더라도 기억나지 않을 것이다. 지루하고 고리타분한 노인네들의 강의를 들으며 나는 늘 예술이란 사회에 진정으로 기여하지 못하는 인간들이 자신들의 방패막이 삼아 만들어낸 감정적 쓰레기라고 생각했으니까. 지금도 그 생각엔 크게 변함이 없었다. 문제는 이것 중 어느 하나를 골라야만 한다는 거였다. 그것도 지금 당장.

아버지의 말을 다시 떠올렸다. 여기서 한 권의 책을 골라라. 거기에 그들에게 가는 길이 적혀 있을 거다. 그 말을 했던 아버지는 조명 아래 아까보다 더 투명해진 모습으로 서 있었다. 그는 내 선택을 기다리고 있는 것 같았다.

먼저 토머스 모어의 『유토피아』를 찾기 시작했다. 종이를 통해 전파되는 비블리온 바이러스가 처음 발견된 책. 아버지라면 그 책에 지도를 숨겨놓지 않았을까? 그러나 몇 바퀴를 돌면서 눈으로 확인할 수 있는 제목을 다 살폈지만 어디에도 『유토피아』는 없었다. 남은 가능성이라면 내가 모르는 특수어로 적혀 있거나 너무 높은 서가에 있어 책등이 보이지 않는 책 중에 있는 것인데 그건 확인할 길이 없었다.

　그다음에는 제목 중에서 그럴듯한 것을 찾았다. 아버지는 열쇠에 대해 말했었지. 찾아보니 제목에 열쇠가 들어가는 책이 있었다. A. J. 크로닌의 『천국의 열쇠』. 내용이 뭔지는 모르지만, 절묘한 제목이라고 생각했다. 아버지가 꿈꾸던 세상으로 가는 길이라면 그곳을 천국이라 부르지 못할 이유가 뭔가? 자신 있게 책을 꺼내 살폈지만 어떤 페이지에도 지도 같은 건 없었다. '문'이라는 단어가 들어가는 책, '비밀'이라는 단어가 들어가는 책, 나중에는 '종이'와 '책'이 들어가는 책들까지 일일이 꺼내 살폈지만 결과는 실패였다. 이런 식으로 여기 적힌 책을 다 꺼내보다가는 날이 밝을 것 같았다. 견디기 힘들 정도로 허기와 피로가 밀려와 눈이 침침하고 다리에 힘이 풀렸다.

　무작위로 꺼내본 10여 권의 책마저 실패했을 때, 나는 바닥에 주저앉고 말았다. 방 한가운데 서 있는 아버지가 얄밉게 느껴졌다. 저 사람은 죽어서까지 날 괴롭히는구나. 쉽게 줄 수도 있는 걸 어렵게 만들고, 정답 아닌 길로 밀어 넣어 헤매게 하는구나. 그가 찾으라고 말한 한 권의 책은 마치 내 인생에 대한 은유 같았다. 그런 건 처음부터 존재하지 않았다.

열쇠가 있는 자에게 문은 통로지. 하지만 없는 자에게 문은 벽이다.

나는 너에게 열쇠가 있다고 믿는다.

그가 했던 말이 다시 떠올라 화가 치밀었다. 그래, 열쇠가 있긴 있지. 나는 주머니에서 열쇠를 꺼내, 방 가운데 대기 상태로 멀뚱하게 서 있는 아버지를 향해 힘껏 던졌다. 그러자 열쇠는 그의 몸통을 통과해 요란한 소리를 내며 바닥에 떨어졌다. 그 순간 출구를 찾아내지 못하면 집에도 돌아갈 수 없겠다는 생각이 들었다. 나는 열쇠를 줍기 위해 일어났다. 그러고는 성큼성큼 걸어 그게 무슨 복수라도 되는 것처럼 아버지를 통과했다. 열쇠를 줍고 일어서는데 건너편 책장이 눈에 들어왔다. 세로가 더 긴 직사각형 책장은 마치 커다란 한 권의 책처럼 보였다. 책으로 만들어진 책. 나는 벽까지 걸어가 서가를 자세히 살펴보았다. 특별한 것은 없었다. 그저 책들뿐이었다. 뒤돌아보니 그 책장은 내가 들어왔던, 이제는 사라진 입구와 정반대편이었다. 열쇠가 있는 자에게 문은 통로, 없는 자에게는 벽……. 나는 책을 꺼내는 대신 몸에 힘을 실어 책장 전체를 밀기 시작했다. 그러자 책장이 조금씩 뒤로 움직이다가, 어느 순간 갑자기 푹 꺼지듯이 밀렸다.

25

"행운을 빈다."

눈앞에 열린 새로운 공간을 넋 놓고 바라보고 있을 때, 뒤에
서 아버지의 목소리가 들렸다. 내가 뒤를 돌아보는 것과 거의
동시에 홀로그램은 빨간 점 속으로 사라져버렸다. 아버지는
더 이상 거기 없었다. 처음 들어왔을 때 봤던 붉은 광선들이 나
타나 원을 그리며 돌기 시작했다.

조금 전까지 아버지가 서 있던 자리를 눈으로 좇고 있으려
니 이상한 기분이 들었다. 마치 아버지를 완전히 잃어버린 것
만 같았다. 새삼스럽게 아버지의 빈자리라니. 열한 살 이후 나
에게 아버지는 원래 없는 사람이었는데. 이성과 감정이 각기
다른 버튼을 눌렀다. 두 사람이 핸들을 잡고 있는 비히클처럼
마음이 방향을 잡지 못하고 오락가락했다.

그때 둔중한 소리와 함께 책으로 가득한 공간의 조명이 꺼
졌다. 멍하니 아버지가 연기처럼 사라진 곳을 바라보다가 나
는 정신을 차렸다. 내 앞에 기다리고 있는 것이 행운인지 불운
인지 알기 위해서는 앞으로 나아가는 수밖에 없었다. 책장 뒤
에서 희미한 빛이 흘러나왔다.

안으로 몇 걸음 걸어 들어가자 직사각형으로 기다란 공간이

펼쳐졌다. 지상철 한 칸 정도 될 듯한 크기의 좁고 낮은 곳이었다. 끝에는 내가 처음 밀고 들어왔던 것과 흡사한 철문이 달려 있었고, 낮은 천장은 마치 동굴처럼 활모양으로 굴곡져 있었다. 가운데에는 정사각형 기둥이 가슴 높이까지 솟아 있었는데, 그 위에서 뭔가가 밝게 타올랐다.

나는 조심스럽게 기둥을 향해 다가갔다. 가까이 갈수록 매캐한 냄새와 열기가 느껴졌다. 불이었다. 기둥 앞에 서자 불은 사람 머리 정도 크기로 일정하게 타오르고 있었다. 손으로 만져본 기둥의 재질은 불과 대비되는 차가운 감촉의 대리석이었는데, 뜨거운 불 밑에서도 변함없이 냉기를 유지하고 있었다. 불 아래 기둥의 윗면에는 공용어 알파벳으로 이런 문구가 새겨져 있었다.

Ashes to Ashes, Dust to Dust.

언젠가 수업에서 배웠던 말이었다. 재는 재로, 먼지는 먼지로. 우리는 모두 흙에서 왔으니 결국은 흙으로 돌아간다……. 이것은 인간의 유한성을 은유하는 말이던가? 우리의 작고 보잘것없음을 꼬집는, 그래서 세상과 사람에 대해 겸손할 것을 명령하는 경구였나? 하지만 그게 다가 아니었다. 어디선가 또

이 말을 들은 적이 있었다. 분명 수업은 아니었는데. 생각이 날 듯 말 듯 머릿속이 간지러웠다. 음각으로 새겨진 문구를 손가락으로 한참 만지작거리다 기억의 방을 찾아냈다. 아버지의 장례식장이었다. 감정이라고는 종이 한 장만큼도 없는 표정으로 'HOLY BIBLE'이라고 적힌 검은 책 모양 장식을 들고 있던 목사. 그가 아버지의 시체 앞에서 외쳤던 말이었다. 재는 재로, 먼지는 먼지로!

그 말 그대로 아버지는 사라졌다. 서재에서 사라졌고, 장례식장에서 사라졌고, 다시 이곳에서 사라졌다. 돌아보면 아버지는 이번에만 홀로그램이었던 게 아니었다. 애초부터 허상이었다. 나는 이제 이쯤에서 모든 걸 끝내야겠다는 생각이 들었다. 이곳을 벗어나 집으로 돌아가서 뜨거운 물에 샤워를 하고 침대에 누울 수만 있다면 영혼이라도 기꺼이 팔 수 있을 것 같았다. 주머니에서 이 모든 일을 시작하게 만든 종잇조각을 꺼내 펼쳤다. auribus teneo lupum. 거기 적힌 문장을 두어 번 소리 내 읽었다. 아우리부스 테네오 루품. 아우리부스 테네오 루품. 그리고 고개를 가로저었다. 늑대의 귀는 처음부터 잡지 말았어야 했다.

나는 종이를 불 가까이 가져다 댔다. 양쪽을 잡고 펼치자 종이 뒤로 주홍색 빛이 어른거렸다. 손을 놓으니 종이는 힘없이 아래로 떨어져 불에 타기 시작했다. 그걸 지켜보고 있는데, 글자 사이에서 뭔가 또렷해지는 게 보였다. 그림 같기도 하고 글자 같기도 한 그 모양은 생겨나는 동시에 타들어가고 있었다. 나는 반사적으로 종이를 다시 꺼내려고 손을 내밀었다가 불에 데고 말았다. 순간의 고통 때문에 저절로 신음이 터져 나왔다. 빨갛게 익어버린 듯한 손가락 끝이 금세 부어오르면서 아렸다. 불에 들어간 종이는 순식간에 다 타버려 형체를 알아볼 수 없었다. 차가운 대리석 위로 검은 가루 같은 재들이 유골처럼 조금씩 밀려 나왔다.

철문을 열고 나오자 비로소 UDC가 작동했다. 11시 28분. 단말기 안에는 이미 아내가 보낸 메시지가 여럿 도착해 있었다. 나는 주변을 둘러보며 일단 아내에게 전화부터 걸었다. 건물들이 낯선 걸 보니 아마도 입구 반대쪽으로 나온 것 같았다.

"여보세요?"

미아의 목소리가 들리는 순간 누군가 뒤에서 목을 졸랐다. 팔꿈치 사이에 목을 끼워 뒤로 강하게 당기는 바람에 균형을 잃고 끌려가듯 몇 걸음 물러섰다. 괴한은 다른 쪽 손으로 내 오른팔을 쳐서 UDC를 떨어뜨린 다음 왼쪽 어깨에 메고 있던 가방을 빼앗으려 했다. 숨이 잘 안 쉬어져 정신이 없었지만 가방을 빼앗기지 않으려 안간힘을 썼다. 몸 안의 모든 피가 머리 쪽으로 쏠리는 느낌이었다. 아직 쓰라린 오른손으로 가방끈을 붙잡은 채 왼손을 가방 속에 넣어 내용물을 더듬었다. 길고 딱딱한 뭔가가 만져지자 생각할 겨를도 없이 꺼내 목을 조르고 있는 팔뚝 위에 세게 내리찍었다. 처음 몇 번은 빗나갔지만 제대로 한 번 꽂히자 팔이 움찔하면서 조르는 힘이 조금 약해졌다. 나는 있는 힘을 다해 내리찍기를 반복했다. 중간중간 조준에 실패해 내 가슴을 몇 번 잘못 찍기도 했지만 멈추지 않았다. 그러자 어느 순간 탁, 하고 팔뚝에 힘이 풀리면서 목을 조르던 손이 사라졌다. 나는 어지럼증을 느끼며 옆으로 쓰러졌다. 뒤를 돌아보고 싶었지만 그러지 못하고 거친 숨만 몰아쉬었다. 직각으로 기울어진 눈앞의 거리는 온통 보랏빛이었다. 눈가에서 따뜻한 액체가 흘러내리는가 싶더니 곧 세상이 흐릿하게 출렁이다 끝내 가라앉았다.

26

눈을 떴을 때, 거리는 여전히 기울어 있었지만 시야는 선명하고 호흡도 일정해졌다. 얼마만큼의 시간이 흐른 걸까. 나는 몸을 일으켜 앉았다. 근육이 여기저기 짓쑤셨고 한숨처럼 신음이 흘러나왔다. 몇 미터 앞에서 불빛이 반짝거렸다. 나는 떨어져 있는 UDC로 기어가다시피 해서 기계를 집어 들었다. 아내의 전화였다. 통화를 수락하자 익숙한 목소리가 폭포수처럼 쏟아져 나왔다.

"괜찮은 거야? 무슨 일이야? 어디야 지금?"

나는 고개를 돌려 뒤를 바라보았다. 방금 빠져나온 철문 말고는 아무것도 없었다. 그제야 아직도 왼손에 뭔가를 쥐고 있다는 걸 깨달았다. 사무실에서 가지고 나온 펜 모양 장식물이었다. 손을 펴자 펜이 바닥으로 굴러떨어졌다. 피가 맺힌 자국이 손바닥에 뚜렷하게 나 있었다.

"미안해. 집에 갈게. 금방."

나는 자세한 이야기 대신 그렇게 말했다. 스크린 속에서 아내의 목소리가 계속 흘러나왔지만 전화를 끊고 일어섰다. UDC로 펜 끝을 비춰보니 붉은 액체가 묻어 있었다. 누구였을까. 뭘 찾았을까. 가방 속을 살폈지만 사라진 물건은 없었다. 코에 먼지가 들어갔는지 재채기가 나왔다. 어둡고 텅 빈 거리에 재채기 소리만 홀로 울려 퍼졌다. 나는 지도를 켜고 정류장을 향해 걸었다. 자정 전까지는 도시로 들어가는 차가 있을 것이다.

돌아가는 지상철 막차 안에서 나는 졸다 깨다를 반복했다.

잠이 들면 괴한이 나타나 내 목을 부러뜨려 분리한 다음 억지로 고개를 돌려 목 없는 내 몸을 보여주는 악몽을 꿨고, 잠이 깨면 아버지의 말과 불타버린 종이 때문에 찜찜한 기분에 시달렸다. 끝났는데 끝난 것 같지 않은 기분이었다. 땀으로 젖은 옷에서 시큼한 냄새가 났다.

집에 도착했을 때 아내는 깨어 있었다. 새벽 2시가 다 된 시간이었다. 자초지종을 털어놓았더니 아내는 팔짱을 낀 채 가라앉은 목소리로 말했다.

"혼자서 안 가기로 했잖아. 왜 거짓말했어?"

"나중에 설명할게. 나중에……."

나는 빨리 씻고 싶은 생각뿐이었다. 손이 아팠고 목 주위가 따끔거렸다.

"나중이라니. 지금 해. 지금 하라고! 자기가 그렇게 갑자기 사라져버려서 내가 얼마나 걱정을 했는지 알아? 당신 아버님 일부터 해서 신경 쓰이는 게 한두 가지가 아닌데. 정부가 우리 같은 사람들, 아니 우리 부모 같은 사람들을 어떻게 생각하는지 아직도 몰라? 아까처럼 혼자 당해서 죽어버리기라도 하면 어떻게 하려고 그래? 제정신이야?"

"죽긴 누가 죽어. 여기 이렇게 멀쩡히 살아왔는데."

"지금 자기 꼴을 좀 봐. 아니, 여기가 지금……."

아내는 내 턱 끝을 들어 올리더니 얼굴을 찡그렸다.

"왜, 뭐가 있어?"

"몰라. 죽든지 말든지 알아서 해."

아내는 나를 밀치고 방으로 들어가버렸다. 나는 옷과 가방을 정리했다. UDC에는 업무 관련 지시 사항과 내일 시간 되면 차 한잔 하자는 필의 메시지가 들어와 있었다. 옷을 벗고 화장실로 들어갔다. 좁은 샤워 부스 문을 닫자 자동으로 앞면이 거울로 바뀌었다. 아까 아내가 말한 목 아래쪽에 목을 맨 것 같은 붉은 상흔이 남아 있었다. 씻고 나서 약을 발라야겠다고 생각하는데, 거울 속 남자의 모습 위로 아까 본 아버지가 겹쳐 보였다. 그때의 아버지와 지금의 내가 겨우 열 살 정도밖에 차이나지 않을 거라 생각하니 기분이 묘했다. 그가 나를 인도하려던 길은 어디였을까. 불타버린 종이 속에는 뭐가 적혀 있었을까. 부스 속 냉기 때문인지 유령이라도 본 것처럼 몸이 부르르 떨렸다. 나는 온도를 41도로, 모드는 피로 회복으로 설정하고 샤워 시작 버튼을 눌렀다. 다섯 방향에서 동시에 세찬 물줄기가 뿜어져 나오기 시작했다.

III

불타는 도서관

통합세기 33년 9월 23일
금요일

27

일어나 보니 아내는 이미 출근하고 없었다. 이따금 일이 몰리거나 급할 때는 새벽에 출근하기도 했지만 오늘은 그것 때문이 아닌 것 같았다. 나는 늘 하던 대로 견과류와 말린 과일이 섞인 건조식 E로 아침을 먹고 출근 준비를 했다. 아내에 대한 생각을 떨쳐버리려고 했지만 그럴수록 자꾸 신경이 쓰였다. 세수를 할 때도, 옷을 입을 때도, 가방을 챙길 때도 어제 아내의 표정과 말투가 계속해서 떠올랐다. 정부가 우리 같은 사람들을 어떻게 생각하는지 몰라?

그래, 잘 알지. 우리 같은 사람들. 일등 계급은 고사하고 중간 계급이라도 되어보려고 발버둥 치는 불온 계급들. 철없던 시절에는 나도 그 굴레를 벗어버리려 안간힘을 쓰는 쪽이었지만, 지금은 아니다. 나는 끊임없이 시스템에 저항하려 하는 아내의 시도를 이해할 수 없었다. 그럴 때 그녀는 고집 세고 무모한 이상주의자 같았다. 아무리 생각해도 소돔에 혼자 간 건 잘한 일이었다. 혼자 당해서 죽어버리기라도 하면 어떻게 하냐고? 제정신이냐고?

둘이 갔다면 나 대신 당신이 당했을 수도 있어.

나는 아무도 없는 회사 엘리베이터 안에서 낮은 목소리로 중얼거렸다. 평소보다 거의 한 시간이나 이른 출근이었다.

점심을 먹고 자리에 돌아왔을 때 필에게서 약속 장소로 가는 지도가 도착했다. 금요일은 오후 3시면 퇴근이니까 한두 시간만 더 버티면 된다. 그렇게 생각하니 오전 내내 무거웠던 마음이 조금은 가벼워졌다. 오랜만에 친구와 만나 차 한잔 하는 것도 나쁘지 않겠다고 생각하며 지도를 들여다보다가 잠시 멈칫했다. 필이 정한 약속 장소 때문이었다. 타워 원. 화면 속에 높이 솟아 있는 빌딩을 보자 기묘한 긴장과 함께 떨림이 찾아왔다. 타워 원에는 아무나 들어갈 수 없었다. 소문으로는 일개 방문자들까지도 철저히 검사하고 통제한다고 했다. 필이 거기서 일한다는 것은 알고 있었지만, 그는 여태껏 한 번도 자신이 일하는 곳으로 나를 부른 적이 없었다. 오늘은 무슨 일인 걸까. 시계만 바라보고 있는 시간이 길어졌다.

3시가 되자마자 사무실을 빠져나왔다. 오후 내내 전전긍긍하며 일에 집중 못하는 모습을 보인 탓인지 퇴근하는 내 뒤통수에 대고 국장이 말했다.

"그러다 짤려도 나 원망하지 마라. 다음 달에 인사 평가 있는 거 알지?"

늑대의 이빨처럼 그 말이 심장에 박혔지만 나는 태연한 척 계속 걸었다. 타워 원이라면 이 정도는 감당할 가치가 있었다.

사무실 건물을 빠져나와 한 번도 타본 적 없는 노선인 A1000번 지상철을 탔다. 도심을 돌아 타워 원을 종점으로 하는 열차였다. 한낮을 조금 지난 태양빛이 창밖에서 뜨겁게 내리쬤다. 광선이 들어찬 공간마다 작은 먼지가 떠다녔다. 누군가 심하게 기침을 했다. 나는 필이 왜 만나자고 하는지 몰랐지만, 타워 원에 가까워질수록 그건 별로 중요하지 않게 느껴졌다.

도착해보니 타워 원은 지상철이 빌딩 안으로 들어오게 설계되어 있었다. 몇 층인지 정확히는 모르지만 건물 가운데 역이 있는 셈이었다. 열차에서 내리자 몇십 미터는 될 것 같은 높은 천장이 보였다. 아무 장식 없는 투명한 유리와 회색 구조물뿐이었는데도 비어 있는 공간 때문에 위압감이 느껴졌다. 역 이곳저곳에는 공용어로 'ONE'이라고만 적힌 역명이 번쩍였다. 아까 필은 심사대를 바로 통과할 수 있도록 내 이름을 방문자 리스트에 올려놓겠다고 했다. 사방을 둘러보자 '입장'이라고 표시된 곳에 줄이 여러 개로 길게 늘어서 있었다. 나는 그쪽으로 걸어가 가장 짧아 보이는 줄 끝에 섰다.

"들어가려면 줄을 서야 하나요?"

여기가 맞는지 몰라 앞사람에게 나직이 물었다. 그는 웬 명청이인가 하는 표정으로 돌아보더니 고개를 끄덕였다. 나는 무안해져서 한동안 아무 말도 하지 않고 정지 화면처럼 서 있었다. 줄은 아주 천천히 줄어들었다.

마침내 입구 근처에 다다랐을 때 사람들을 하나씩 검사해 입장시키는 직원들을 볼 수 있었다. 내 쪽에서는 금발의 여자와 흑발의 남자 두 사람이 보였는데, 무표정한 우리와 달리 환하게 웃으며 뭔가를 이야기하고 있었다. 정확하게 들리지는 않았지만 무슨 음식점 이름이 섞여 들리는 것으로 보아 오늘 저녁 식사 장소에 대해 말하고 있는 것 같았다. 그들 앞에 눈대중으로만 봐도 100여 명에 가까운 사람들이 타워에 들어가기 위해 기다리고 있었는데도 그들은 전혀 신경 쓰는 것 같지 않았다. 처음에는 화가 났지만 곧 그들은 상위 계급일 거라는 생각이 들자 기운이 빠졌다. 그때 남자의 말을 들은 여자가 갑자기 큰 소리로 웃더니 앞에 서 있던 몇 사람을 제대로 보지도 않고 들여보냈다. 내 차례가 되어 금발의 여자와 눈이 마주치자 그녀는 이름을 물었다.

"영입니다. 민 영."

여자는 내 대답을 들은 체 만 체하고는 남자를 향해 거기 음식은 정말 끔찍해, 라고 말했다. 그리고 나를 힐끗 쳐다보며 덧붙였다.

"통과."

28

붉은 줄이 그어진 네모난 상자 모양의 입구를 통과하자 광장 형태의 널찍한 공간이 나타났다. 양쪽에는 개인 사무실처럼 작게 구획된 공간들이 빽빽하게 들어차 있었고, 방마다 하얀 문이 달려 있었다. 불투명한 벽 너머로 언뜻언뜻 그림자가 보이기도 했지만 그 속에서 누가 어떤 일을 하는지는 알 수 없었다. 한가운데에는 바닥에서 솟아오른 튜브 모양의 관 일곱 개가 천장까지 연결되어 있었는데, 잠깐 지켜보는 사이 엘리베이터 몇 대가 총알처럼 위아래로 오갔다. 고개를 들어 내부를 둘러보고 있는 사이 뒤에서 누가 어깨를 두드렸다.

"별일 없었어?"

필이었다. 술집이 아닌 정부 건물, 그것도 타워 원에서 만난 그는 조금 낯설었다. 원래도 컸던 몸이 더 크고 단단해진 것 같았고, 얼굴은 더 검어진 듯했다. 마지막으로 본 게 언제였더라. 기껏해야 몇 달 전일 텐데. 장소와 배경이 주는 선입견 때문인지 나와는 완전히 다른 세계에 속한 사람처럼 보였다.

"그렇지 뭐."

손을 내밀어 악수를 청하자 필은 대뜸 나를 끌어안았다. 내가 당황해하자 그는 재빨리 몸을 돌려 걸어가면서 말했다.

"마지막으로 만난 지 좀 됐잖아, 우리가."

필은 익숙한 걸음으로 튜브 쪽을 향해 걸었다. 튜브 앞 스크린에 얼굴을 비추자 건물의 층별 안내도가 펼쳐지면서 그가 갈 수 있는 층이 초록색으로 표시됐다. 필은 299층을 눌렀다. 곧 네 번째 튜브에서 엘리베이터 하나가 도착하더니 문이 열리고 회색 옷을 입은 남녀 둘이 걸어 나왔다.

"여긴 처음이지?"

필의 물음에 나는 고개를 끄덕였다. 엘리베이터에는 우리 둘뿐이었다. 뭔가를 더 말하고 싶었지만 그럴 새도 없이 299층에 도착했다. 속도 때문에 머리가 살짝 어질했다. 문이 열리자

기다리고 있던 직원이 우리를 안쪽으로 안내했다. 사람 키의 두 배 정도 되어 보이는 높다란 입구 옆에 'L.O.F.'라는 입체 글자가 빛을 내며 회전하고 있었다. 안으로 들어선 순간 나는 저절로 멈춰 섰다.

"여기는…….."

넓은 홀 안에 테이블이 여기저기 흩어져 있고, 사람들이 앉아 차를 마시거나 이야기를 나누고 있었다. 문제는 홀 전체를 감싸고 있는 벽이었다. 나는 눈을 의심했다. 벽에는 책이 꽂혀 있었다. 많은 양은 아니었지만 그건 분명 책이었다.

"어디서 많이 본 장면이지?"

필은 장난기 섞인 웃음을 지어 보였다.

우리를 벽에 가까운 2인용 테이블로 인도한 뒤 직원이 인사를 하고 멀어져갔다. 자세히 보니 책들은 하나같이 불에 그을린 것처럼 보였다. 뭔가 물어보려는 순간 필이 알았다는 손짓을 하며 테이블에 자신의 손목을 가져다 댔다. 그러자 테이블 표면에 홀로그램 메뉴가 나타났다.

"뭐 마실래?"

"그건 또 언제 심었어?"

"아, 한 달 정도 됐나? UDC 들고 다니기 귀찮아서. 정부에서 권유하는 것도 있고. 아직까지는 이식 비용도 대주니까. 너도 해. 진짜 편해."

"이 책들은 뭐야? 어떻게 된 거야?"

"먼저 시키고 얘기하면 안 될까? 목이 말라서."

필은 레모네이드를, 나는 라가불린을 주문했다. 진짜 레몬을 사용했다는 레모네이드는 싱글 몰트 위스키보다도 비쌌다. 갑자기 목이 탔다.

"이제 됐네. 다 물어봐. 뭐가 궁금해?"

나는 말을 꺼내려다 말고 필을 바라보았다. 지금 내 눈앞에 앉아 있는 사내는 정말 다른 사람처럼 느껴졌다. 열 살 이후로 늘 함께였는데. 어릴 때 우리는 종이 한 장만큼, 아니 펼쳐진 책의 양면만큼 가까운 사이였다. 그러나 이제는 아니다. 그는 화려한 표지가 되었고, 나는 버려질 때까지 아무도 펼쳐보지 않는 맨 뒷장이 되어버린 것만 같았다.

"왜 그렇게 쳐다봐? 아깐 궁금한 게 많은 것 같더니."

필이 웃었다. 익숙한 미소였지만 그것조차 인위적으로 보였다.

"책들이 왜 여기 있어? 그것도 불에 탄 채로?"

나는 필의 시선을 피하며 물었다.

"이름 자체가 그런걸 뭐."

필이 말했다. 아까와 다른 직원이 다가와 빨대가 꽂힌 긴 유리잔과 조그마한 스트레이트 잔을 테이블 위에 내려놓았다.
나는 입구에서 봤던 글자들을 떠올렸다.

"엘 오 에프. 그게 여기 이름이거든."

필은 레모네이드를 한 모금 깊이 빨아 마신 다음 덧붙였다.

"라이브러리 온 파이어. 불타는 도서관."

29

"말하자면 그런 개념인 거지. 우리는 책을 정복했다, 이겼다,
뭐 그런? 일종의 승전 기념관 같은 거랄까. 기억나? '옛 지성은
재로 사라지고 그 잔해 속에서 새 인격이 탄생할 것이다.' 불타
버린 도서관이야말로 그걸 표현하기엔 딱이지."

필이 말했다.

"물론 여기 전시된 책들은 다 가짜지만, 완전히 텅 빈 건 아
니야. 책등에 있는 제목을 만지면 각자의 UDC로 그 책의 내
용을 포함한 모든 인접 정보들이 전송되거든. 나처럼 내장형
UDC 칩을 심은 경우라면 뇌로 바로 전송되는 거지. 여기에
바로."

그는 머리를 집게손가락으로 톡톡 치며 덧붙였다.

"아주 자세하게 아는구나."

의도한 건 아니었는데 말투가 퉁명스럽게 나갔다. 왜 그랬을까. 책을 사랑하기는커녕 혐오하는 쪽에 가까운 나인데. 책이 다 불타버렸다면 기쁜 일 아닌가? 아버지 같은 존재들이야말로 재로 사라져야 마땅할 옛 지성 아닌가? 그런데 묘하게 기분이 좋지 않았다. 승전 기념관이라는 단어가 얹힌 것처럼 위장 한쪽에 매달려 있었다. 나는 이 이중적인 감정을 어떻게 이해해야 할지 몰라 머뭇거렸다.

"실은 내 아이디어야."

필은 약간 잘난 척하는 말투로 말했다.

"정부 안에서 공모를 했거든. 통합정부의 상징인 타워 원에 들어갈 대형 카페 겸 라운지의 이름을 짓는데 제안을 받겠다고. 상금이 어마어마했어. 다들 통합이니 새 시대니 그런 이름을 지을 것 같아서, 난 거기 들어가면 가장 안 어울릴 것 같은 이름을 골랐지. 도서관 말야. 게다가 분서! 실제 정부가 한 건 책을 태우는 거였지만, 아예 도서관을 통째로 태워버리면 어떨까 하는 생각을 한 거야. 그 옛날 불탔다는 알렉산드리아 도서관처럼. 꽤 기발하지 않아? 심사 위원들이 봤을 때 적어도 재미는 있을 거라고 생각했는데, 그게 통한 모양이야. 덕분에 돈 좀 벌었지."

필은 잇몸을 드러내며 웃었다. 나는 필에 대해 대부분 안다고 생각했는데, 실은 반대일지도 모른다는 생각이 들기 시작했다. 그 모습이 보기 불편해서 고개를 들고 앞에 놓인 위스키를 한 번에 털어 넣었다. 목 안쪽에서부터 깊은 뜨거움이 솟아올랐다.

"근데 너 목은 왜 그래?"

필이 물었다. 식도를 따라 내려간 위스키가 '승전 기념관'을 녹이고 위를 따뜻하게 데우는 게 느껴졌다.

"좀 다쳤어, 어제."

그의 눈이 반짝거렸다. 호기심이 동할 때면 그가 보이곤 하는 눈빛이었다. 오래전 교실 한구석에서 너희 아빠는 언제 잡혀갔어? 라고 물을 때의 눈빛.

"어디서 뭘 하다가?"

나는 어떻게 대답할까 잠시 망설였다. 사실대로 털어놓을까. 아버지의 서재에서 이상한 문장이 적힌 종이를 발견했다고. 소돔에 가서 아버지의 옛 모습을 만나고 종이책 가득한 방에 들어갔었다고. 아무것도 얻지 못한 채 거길 빠져나오다가 누군가에게 습격당했다고. 필을 통해서라면 나를 쫓는 사람들의 정체를 알아볼 수 있지 않을까. 하지만 곧 그에게 부담을 주고 싶지 않다는 생각이 들었다. 책 얘기라면 그도 신물이 날 테지. 아까부터 느끼고 있는 거리감도 한몫했다. 이제 그에겐 그의 삶이, 나에겐 나의 삶이 있다. 예전 기억 때문에 현재를 직시하지 못하면 곤란하다. 선을 넘는 것은 언제나 좋지 않다. 아무리 한때 가까웠던 친구 사이라 할지라도.

"아내랑 장난을 좀 심하게 치다가. 침대에서."

그러자 필은 아, 하며 알겠다는 듯 씩 웃었다.

"난 또 뭔 일이라도 생긴 줄 알고."

"언제부터 그런 걱정을 해줬다고 그래."

내가 웃으며 말하자 필은 정색을 하고 답했다.

"아냐, 진짜야. 안 그래도 요즘 내가 듣는 게 좀 있거든. 너에 대해서."

"나에 대해서?"

"그래, 요새 내가 만나는 사람이 있는데 그 친구가 널 알더라고. 네 얘기도 몇 번 하고."

머릿속에 누군가의 얼굴이 스쳐 지나갔다. 그 여자일까?

"날 알아? 무슨 일로, 어떻게?"

나는 모르는 척 둘러대고 필의 눈치를 살폈다. 그는 어디까지 알고 있는 걸까. 갑자기 내 얼굴이 조금 달아올랐다는 사실이 느껴졌는데, 아까 마신 위스키 때문으로 보였으면 좋겠다고 생각했다.

"뭐, 그 친구도 정부 소속이고 나름 기밀도 있어서 자세히 다 말해주기는 좀 그렇지만. 결론만 말하면 너희 아버지 일 때문에 그런가 봐."

"또 그놈의 책?"

"그래, 또 그놈의 책. 그리고……."

필은 주변을 한번 둘러보더니 목소리를 낮춰 말했다.

"미아 씨에 대해서도."

30

필이 아래로 손을 내려 뭔가를 누르는 시늉을 하자, 테이블 주위에 낮고 검은 벽이 올라왔다.

"뭐야 이건?"

"대화 내용을 검열당하고 싶지 않으면 노이즈 장벽을 세워 줘야 해. 안 그러면 마이크 대고 떠드는 거랑 별반 다르지 않을걸."

필이 말했다.

"사실 널 오늘 만나자고 한 건 그것 때문이야. 계속 신경이 쓰여서 말이지. 너희 아버지 문제도 그렇고 미아 씨 문제도 그렇고, 잘못하다간 너 혼자 다 뒤집어쓰는 수가 있어. 조심해야 돼."

"미아는 뭐가 문젠데?

내가 묻자 필은 나를 뚫어지게 쳐다봤다.

"너, 미아 씨에 대해 얼마만큼 알아?"

얼마만큼이라니. 질문에 담긴 무례함에 나는 불쾌해졌다. 그때 누군가 노이즈 장벽을 넘어 불쑥 들어왔다.

"어서 와."

필은 알고 있었다는 듯 자연스럽게 왼쪽으로 옮겨 앉으며 새롭게 등장한 인물에게 자리를 내주었다. 눈앞의 낯선 여자와 눈이 마주치자 나는 그녀가 누구인지 한참을 생각해야 했다. 그녀가 먼저 입을 열었다.

"또 만났네요."

위은이었다. 이번엔 검은 경찰복이 아니라 초록과 빨강이 섞인 화사한 원피스를 입고 있었다. 묶었던 머리까지 풀어서인지 그녀는 전혀 다른 사람처럼 보였다. 필은 그녀와 나를 번갈아 바라보며 씩 웃었다. 나는 화를 내야 할지 태연한 척해야 할지 몰라 이도 저도 아닌 떨떠름한 표정을 지은 채 목례를 했다.

"너무 기분 나빠 하지는 마세요. 저희가 영 씨를 표적으로 해서 마구잡이로 조사하고 그런 건 아니에요. 어디까지나 아버님 조사에 딸려 나온 거니까요."

"무슨 말인지 모르겠네요."

진심이었다. 나는 그녀와 필이 무슨 말을 하고 있는지, 무슨 꿍꿍이인지 알 수가 없었다.

"아내분 어머니를 본 적 있으세요?"

미아의 어머니라면 당연히 본 적 없다. 본다는 건 말이 안 된다. 이미 죽은 사람을 어떻게 볼 수 있단 말인가.

"잘 모르시는 것 같은데, 미아 어머니는⋯⋯."

"죽었다고 했겠죠?"

위은이 내 말을 잘랐다.

"그게 사실이 아닐 가능성이 크다는 게 이 친구와 이 친구 부서가 내린 결론이야."

필이 말했다. 나는 말문이 막혔다.

"너희 아버지가 속했던 비밀 모임에 미아의 어머니도 포함되어 있었던 것 같거든. 들어봤어? 비블리온이라고."

필의 말을 위은이 받았다.

"한마디로 테러리스트 집단이에요. 정확하게 밝혀진 정보가 없어서 역사나 규모는 확실치 않지만 우리한텐 아주 오래된 골칫덩어리죠. 통합정부가 출범한 지 30년이 넘도록 소탕하지 못하고 있는 이 사회의 암적 존재랄까. 20년 전 민윤식 씨 체포 이후로는 모임이 완전히 지하로 숨어버려서 사실상 해체라는 소문이 돌기도 했는데, 요즘 들어 자꾸 수상한 움직임이 포착돼서요. 미아 씨 일도 그중 하나고."

그녀의 말투에는 약간의 짜증이 섞여 있었다.

"미아는 어머니가 없습니다. 비블리온은 바이러스 이름이고."

나는 단호하게 말했다. 위은은 비대칭의 미소를 지었는데, 마치 비웃는 것 같은 표정이었다.

"날짜를 특정할 순 없지만 미아 씨는 언젠가부터 자신의 엄마가 진짜로 죽지 않았다는 걸 알고 있었어요. 그래서 그동안 계속해서 엄마를 찾으려는 시도를 해왔죠. 그러다 얼마 전 정말로 어머니를 다시 만나게 되었고."

"다시 만났다고요? 미아 어머니가 살아 있다는 건가요?"

나는 되물었다. 황당한 이야기였다. 사실이라면 그녀가 내게 아무 말도 안 했을 리가 없다.

"네, 그 두 사람이 만나기도 했어요. 물론 미아 씨가 어떻게 어머니를 찾았는지는 분명치 않아요. 하지만 여기서 중요한 건 그 어머니가 법적으로는 죽은 사람이라는 거예요. 어떻게 사망신고를 했는지 모르지만 정부를 속인 거죠. 이건 엄연한 불법행위고요."

위은은 계속해서 말했다.

"더 심각한 건 그 사람들이 가지고 있는 종이책들이죠. 첩보에 의하면 어딘가에 엄청난 양의 종이책 저장소가 있다고 해요. 아직 발견하지는 못했지만 거기도 찾아낼 거예요. 영 씨 아버님이 만들었다는 책도 거기 있을지 모르니까요. 왜인진 몰라도 그 책에 대해선 우리 과장님의 관심이 지대하거든요. 암튼, 우리는 이 모든 문제가 미아 씨 어머니를 찾아내기만 하면 풀릴 거라고 기대하고 있어요."

나는 아버지가 나타났던 소돔의 404섹터 529번지를 떠올렸다. 벽을 가득 메우고 있던 종이책들. 그곳이 위은이 말하는 책 저장소였을까. 아버지가 남겼다는 책도 거기 있었던 걸까.

"그러니까 좀 도와줘."

필이 말했다. 위은이 나를 빤히 쳐다봤다.

"뭘?"

"미아 씨 어머니 찾는 거."

나는 대답하지 않았다. 점점 이들의 말이 진짜일지도 모르겠다는 생각이 들었다. 그러자 내장 깊숙한 곳에서부터 배신감이 끓어올랐다. 미아는 나를 속인 건가? 어쩌면 처음부터 이 모든 게 계획되어 있었을까? 그녀를 처음 만났던 캡슐 타워 지하의 세탁실을 떠올렸다. 세탁물을 기다리는 동안 그녀는 시를 쓰고 있었다. 그 시의 내용은 뭐였을까. 미아는 왜 나에게 한 번도 자신의 시를 보여주지 않았을까. 그사이 다시 이성이 말했다. 조금만 더 기다려봐. 아직 아무것도 확실하지 않잖아.

"사실이 아니면?"

"고소하세요."

위은이 끼어들었다.

"사실이면?"

"통합정부에 협조하셔야죠. 우리가 그 반사회 세력을 색출해낼 수 있게."

"그다음에는?"

"뭐겠어요? 테러리스트 집단 일망타진. 그리고 각자 자신에게 걸맞은 죗값을 받겠죠. 종이책은 신나게 불타오를 거고. 정말 엄청난 업적이 될 거라고요."

"그건 당신 입장이고. 난 뭘 얻게 되는 거죠?"

내가 묻자 필이 답했다.

"과거와의 진정한 결별, 그리고 마음의 평화."

위은이 옅은 미소를 지으며 덧붙였다.

"새로운 미래와 신분 상승."

그들과 헤어지기 전에 나는 위은의 팔뚝에 상처가 나 있지는 않은지 유심히 살폈지만, 원피스의 소매가 팔목 근처까지 내려와 있어 확인하기 어려웠다. 필 역시 입고 있는 긴팔 재킷 때문에 팔뚝은 보이지 않았다. 정류장에서 필은 내 어깨를 두

드리며 말했다.

"이 친구랑 같이 보려고 여기까지 오라고 했어. 다음엔 편하게 또 밖에서 보자. 맥주 한잔 하면서."

나는 고개를 끄덕이고 막 도착한 지상철에 올랐다. 창밖으로 필이 연락하라는 손짓을 해 보이고는 돌아서서 위은과 함께 천천히 멀어져갔다. 저들이 지금 무슨 대화를 나누고 있을지를 짐작해보려는 찰나, 멀어져가는 그들 너머 저 멀리 타워원에 들어가기 위해 늘어서 있는 인파가 보였다. 구불구불하고 기다란 검은 줄은 마치 흙 속을 기어 다니는 벌레처럼 흉측하게 느껴졌다. 나는 반대쪽 창으로 시선을 돌렸다. 곧 둔중한 엔진 소리와 함께 지상철이 움직이기 시작했다.

31

집에 돌아왔을 때 미아는 식탁에 앉아 있었다.

"언제 왔어?"

물었지만 대답은 돌아오지 않았다. 나는 가방을 내려놓고 화장실에 들른 다음 옷을 갈아입었다. 그때까지도 미아는 아무 말 없이 그 자리에 앉아 있었다. 집 안 공기가 냉랭했다.

"아직도 화난 거야?"

아내는 대답하지 않았다. 그녀는 식탁 위에 손가락으로 의미 없는 모양들을 그리고 있기만 했다. 무언가를 깊이 생각할 때 반복하는 행동이었다. 필와 위은에게 들은 이야기를 떠올렸다. 물어봐야 할까? 하지만 어떻게 말을 꺼내야 할지 결정하기가 어려웠다. 나는 팔짱을 낀 채 좁은 거실 한쪽에 난 창문 앞에 서서 밖을 내다보았다. 바깥에선 어둠이 밝게 빛나고 있었다.

"왜 나한테 거짓말했어?"

아내가 뒤쪽에서 말했다. 어제와 똑같은 질문이었지만 느낌은 달랐다. 왜 나한테 거짓말을 했냐고? 그 말을 듣자 억울한 기분이 들었다. 나야말로 미아에게 묻고 싶었다. 넌 왜 나한테 거짓말을 했니. 왜 나를 속였니. 어디까지가 진짜인 거니.

"그게 그렇게 대단한 잘못이야? 너랑 같이 가면 위험할까 봐 그랬어. 혹시라도 무슨 일 있을까 봐 그랬다고."

나는 몸을 돌리며 말했다. 감정을 억누르려고 했지만 잘 되지 않았다.

"날 생각해서 그랬다는 거야? 당신이 언제부터 그렇게 날 배려했다고?"

"그런 식으로 말하지 마. 너 정말……."

"무슨 꿍꿍이가 있는 건 아니고? 나랑 같이 가면 안 되는 이유가 있었던 건 아니고?"

아내의 반응은 황당하기도 했지만 들을수록 더 의심스러웠다. 왜 이토록 화를 내는 걸까. 단순히 내가 자신을 데리고 가지 않았기 때문에? 타워 원에서 들었던 말들이 머릿속에서 조금씩 선명해졌다. 미아 씨는 자신의 엄마가 죽지 않았다는 걸 알고 있었어요. 그간 계속해서 엄마를 찾으려는 시도를 해왔고, 그러다 얼마 전 정말로 어머니를 다시 만나게 됐죠. 나는 그녀의 눈에서 뭔가를 읽어내려고 했지만 거기에선 아무것도 발견할 수 없었다.

"그런 거 없어. 너야말로 이상해. 뭐가 그렇게 불만인데? 넌 속이는 거 없어?"

말을 마치자마자 마지막 질문은 하지 않는 게 좋았겠다고 생각했다. 미아는 대답 없이 나를 한번 노려보더니 자기 방으로 들어가 문을 세게 닫았다. 도어록이 고장 나 이제는 손으로만 닫을 수 있는 그 문에서 쾅 하는 소리가 들리는 순간, 나는 그녀가 나를 속여왔다는 확신을 하게 됐다.

그녀가 방에 들어가 있는 몇 시간 동안 나는 거실에서 단백질 A를 두 개 데워 먹고 쓰레기를 정리한 다음 커피를 마셨다. 상처 부위에 약을 바르려고 했지만 어디선가 본 것 같았던 피부 재생 연고가 보이지 않았다. 찾기를 포기하고 내 방으로 들어가 의자에 앉았다. 생각을 정리할 시간이 필요했다. 단조롭고 행복했던, 아니 단조로워서 행복했던 내 일상. 뭔가를 바랄 필요도 없고 성취할 필요도 없어서, 그 무의미가 곧 의미였던 삶. 단 며칠 사이에 그런 삶이 왜 이렇게 되어버린 걸까? 필이 했던 말이 떠올랐다. 그의 말대로 나에게 필요한 건 과거와의 결별이다. 아버지와의 결별, 서재와의 결별, 종이책과의 결별. 할 수 있을 것 같았다. 그러나 그 결별이 미아까지를 포함한 것이라면. 미아의 거짓말과 그 뒤에 숨겨진 그녀의 어머니까지라면. 그렇게 생각하면 자신이 없었다. 더군다나 미아의 몸속에서 자라고 있는 아이를 생각하면 머리가 더 복잡해졌다.

그때 책상 한쪽에 올려져 있는 물건이 눈에 들어왔다. 피부 재생 연고. 올려놓을 사람은 한 사람뿐이었다. 아침 일찍 연고를 찾아 여기 올려놓았을 아내의 모습을 상상하니 마치 약을 발라야 할 상처는 밖이 아니라 안에 있는 것처럼 마음이 아렸다. 나는 목 주변과 손에 약을 얇게 펴 발랐다. 손가락이 닿을 때마다 도톰하게 부어오른 상처 부위가 따끔거렸다.

잠시 후 방문이 조심스럽게 열리는 소리가 났다. 희미한 발소리가 현관까지 이어지더니 문이 작게 열렸다가 닫혔다. 처음엔 아내가 나와 싸웠을 때 흔히 그랬듯 산책을 나간 거라고 생각했다. 그러나 시간이 조금 흐르자 다른 생각이 들었다. 유난히 야근이 잦았던 요즘. 부쩍 피곤해하던 모습. 충혈된 눈동자. 그 모든 것이 다른 하나의 방향을 가리키고 있었던 것은 아닐까. 그렇게 생각하니 마음이 급해졌다. 가만히 있을 수가 없었다. 나는 서둘러 외투를 걸치고 현금과 가방을 챙겨 집을 나섰다. 엘리베이터 버튼을 누르고 복도 끝에 난 창문으로 고개를 내밀어 건물을 벗어난 그녀가 어느 쪽으로 향하는지를 확인했다. 밤의 불빛 속에 희미하게 보이던 아내가 점점 멀어지더니 사거리 부근에서 갑자기 사라졌다. 지하로 내려간 엘리베이터는 지하 5층에서 올라올 생각을 하지 않았다. 나는 버튼을 몇 번 더 누르다가 계단을 향해 뛰어 내려갔다.

32

바깥으로 나왔을 때 아내는 어디에도 보이지 않았다. 그녀가 사라진 지점까지 달려가 둘러보았지만 마찬가지였다. 숨이 몹시 차서 나는 벽에 등을 기대고 한참을 서 있어야 했다. 어디로 갔을까. 사거리에서 사라지기 위해서는 어딘가로 방향을 틀었어야 한다. 산소가 부족한 탓인지 잘 돌아가지 않는 머리를 움직여 그녀가 갈 수 있는 목적지를 생각하려 애썼다. 사거리에서 가장 빠르게 사라질 수 있는 방향. 오른쪽. 나는 여전히 거친 숨을 몰아쉬며 한두 걸음 더 내딛어 오른쪽 방향을 정면으로 보고 섰다. 내가 그녀라면⋯⋯ 그녀는 어딘가로 가려고 한다. 이 길은 정류장으로 가는 방향이다. 두 가지 퍼즐 조각을 맞추자 답이 나왔다. 지금 시각은 10시 15분. 아직 대중교통을 타기에는 충분한 시간이었다. 나는 정류장 쪽으로 뛰듯이 걸었다.

잠시 후 정류장에 서 있는 미아를 발견했을 때, 긴장이 풀리면서 다리가 휘청했다. 나는 더 다가가지 않고 멀찍이 떨어져서 그녀를 관찰했다. 몇 대의 지상철이 오고 갔지만 아내는 타지 않았다. 아내는 자주 뒤를 돌아보았는데, 그것은 미행을 살피려는 것 같기도 했고 내가 잘 따라오고 있는지를 확인하는 것 같기도 했다. 그때 요란한 소리를 내며 또 다른 지상철 한 대가 내려왔다. 이번에는 아내가 그 위로 올랐다. 멀어져가는 지상철의 꼬리에서 노선 번호가 일정한 간격으로 점멸했다. F1008. 어제 내가 탔던 지상철의 번호였다.

UDC로 다음 열차를 검색했지만 가장 빠른 차도 최소한 20분 후 도착이었다. 이러다 아내를 놓칠 수도 있겠다는 생각이 들자 마음이 급해졌다. 자율 주행 택시를 찾아보았지만 금요일 밤이라서인지 차량마다 예약이 다 차 있었다. 남은 건 인간 기사가 운전하는 택시뿐이었는데, 보통 때라면 절대 타지 않을 택시지만 오늘은 타지 않을 수가 없었다. 모든 택시의 30퍼센트는 인간 운전사로 채워야 한다는 이상한 법 규정을 원망하면서 나는 인간 택시를 한 대 불렀다.

"어디로 가요?"

택시에 오르자마자 기사가 대뜸 물었다. 겉보기에도 오래되어 보이는 차였는데 내부는 더 허름했다. 인조가죽이 여기저기 뜯겨 나간 시트에서 눅눅한 비 냄새가 났다.

"저 앞에 지상철 좀 따라가 주세요. F1008번."

기사는 내 손가락이 가리키는 쪽을 살피더니 말했다.

"저건 소돔 가는 찬데?"

"맞아요. F구역 쪽."

"에? 거긴 왜 가요, 이 밤에. 멀쩡한 사람이."

"그냥 좀 가주세요."

"미안허지만 난 못 가요. 무서워서. 정 그러면 딴 거 타시든가."

그가 차 뒷문을 열었다. 지상철은 어느새 작고 노란 점이 되어 하늘 밖으로 멀어지고 있었다. 나는 속이 탔다.

"두 배 드릴게요."

"두 배?"

밖에서 찬바람이 들어왔다. 기사는 난감하다는 표정을 짓더니 인상을 찌푸리며 말했다.

"요즘 워낙에 그쪽이 흉흉해서…… 어제도 누가 막 아이 유괴해서 죽이고 그랬던 사건 나온 거 알죠? 그전에는 우리 같은 택시 기사도 몇 번 강도 당한 적 있고. 밤에 거기 들어가는 건 보통 용기 갖고는 안 되는 일이야. 내가 전에도……."

"그러니까 가실 거예요, 안 가실 거예요?"

그의 말을 잘랐다. 아내가 사라지고 있다. 방금 전까지 룸미러를 통해 나와 이야기하던 기사가 이번에는 몸을 돌려 내 눈을 직접 바라봤다. 기사의 얼굴에서 싸구려 인조 눈이 앞뒤로 움직이며 초점을 맞추고 있었다.

"세 배."

"알겠어요. 알았으니까 빨리……."

내가 대답하자 기사는 버튼 쪽으로 손을 뻗어 택시 문을 닫으며 말했다.

"나머지 돈은 현금으로 줘야 돼. 뭔 놈의 시스템이 지정 요금 이상은 받을 수가 없게 되어 있다니까, 나 참."

그의 말이 끝나기도 전에 덜컹거리며 택시가 날아올랐다. 택시 안에 떠 있는 구식 홀로그램 시계에서는 10:33이라는 숫자가 초록색으로 빛나고 있었다. 나는 좌석에 몸을 파묻었다.

10분 후 긴급 인공강우가 시작된다는 안내 방송이 들려왔다.

ㅌㅌ

소돔까지 가는 동안 택시 기사는 끊임없이 말을 해서 나를 괴롭혔다. 사람들이 괜히 자율 주행 택시를 선호하는 게 아니었다. 그 옛날 인공지능으로 운전이 완전히 자동화되었을 때 이런 기사들을 퇴출시키지 못한 게 비극의 시작이었다. 시력, 판단력, 순발력, 공간 인지 능력, 속도 추정 능력 등 운전과 관련된 모든 지표에서 인간 기사는 인공지능에 비해 한참 뒤떨어졌지만, 저소득층의 일자리 확보라는 명목 아래 정부는 인간 기사들의 비율을 강제로 유지시키고 있었다. 그것도 전체의 30퍼센트나. 비 내리는 창밖을 바라보며 나는 당신의 이야기에 별 관심이 없고 지금 내게 필요한 건 침묵이라는 메시지를 전달하려 애썼지만, 기사는 아랑곳하지 않고 계속 말했다.

"그거 들어보셨수? 운전할 수 있는 세대도 우리가 마지막일 거란 소문 말야. 이 정부는 도대체 무슨 꿍꿍이속인지 알 수 없을 때가 많다니까. 내가 운전하면서 진짜 많은 사람을 만나봤는데 얻은 건 딱 하나야. 말 번드르르한 놈치고 제대로 된 놈

없다는 거. 이 정부가 딱 그래. 이름부터 통합이잖아. 어떤 단체든지 자기한테 제일 모자라는 걸 강조하게 되어 있다고. 심리학자들이 그 뭐냐, 무의식의 발사라고 부르는 거. 정통 없는 놈이 정통 찾고, 베낀 놈이 원조 간판 붙이고, 신분 세탁한 놈이 신분 자랑하는 거. 바로 그거라고. 통합? 난 택도 없는 소리라고 봐. 우리가 늙어 죽고 나면 지네들만 잘 먹고 잘 사는 세상 만들겠지. 아니, 우리 죽을 때까지 기다릴 게 뭐 있어? 미리 다 죽여버릴 작정인지도 모르지."

나는 기사가 말한 '무의식의 발사'를 '무의식의 발로'로 교정해주고 싶은 마음을 애써 참았다. 그는 어느샌가 반말을 하고 있었다.

"미리 다 죽인다고요?"

속으로 실소하며 나는 되물었다. 어느 쪽이든 생각이 극단적이면 이런 폐해가 일어난다. 자신의 상상을 극한까지 몰아붙이고 나중에는 그걸 진짜라고 믿게 되는. 정신병이란 대단한 게 아니다. 이런 게 피해망상이고 인지 부조화고 확증 편향이다.

"그럼. 출산율 떨어지는 거 봐. 꼭 사람을 찌르고 목을 따야 살인이 아니지. 기사들 모인 자리에서 누가 그러더라고. 이건 소리 없는 학살이라고. 그 말이 아주 틀린 게 아냐. 애 낳아 키

올 능력 없는 우리 같은 사람들은 그냥 소멸하라는 거냐 진배 없지. 공룡 찾을 거 뭐 있어. 멸종이야 멸종. 운석 하나 안 떨어 졌는데도 멸종이라고."

나는 기사의 피해망상이 심각한 상태라는 결론에 이르렀 다. 그리고 제발 본인이 하는 이야기만큼이나 운전에도 집중 을 좀 해줬으면 했다. 하마터면 중간에 지상철을 놓칠 뻔한 순 간이 몇 번이나 있었기 때문이었다. 자치구 경계를 벗어났는 지 창밖으로 가득했던 불빛들이 사라지고 짙은 어둠이 찾아왔 다. 이번에는 대꾸하지 않고 가만히 있었다. 다행히 기사도 거 기까지 말하고는 더 입을 열지 않았다.

소돔 지역을 거의 다 돌 때까지도 아내는 지상철에서 내리 지 않았다. 혹 중간 정류장에서 놓친 건 아닐까. 집중해서 본다 고 하긴 했지만 날이 어두운 데다 비까지 오고 있어 그럴 가능 성도 없지 않았다. 나는 초조함 속에서 앞서가는 열차가 다음 정류장에 멈추기만을 기다렸다. 그러나 이번에도 아내는 모습 을 나타내지 않았다. 저 열차에 아내가 타고 있는 게 맞긴 한 걸까.

의심이 확신으로 바뀌려는 무렵, 종점에서 아내가 모습을 드러냈다. 어제 내가 내렸던 곳과 같은 정류장이었다. 나는 손 가락으로 멈춰 있는 지상철을 가리켰다. 기사는 고갯짓을 하더니 속력을 높여 지상철 뒤에 차를 댔는데, 너무 가깝게 붙이는 바람에 아슬아슬하게 멈췄다. 밖에서 몇몇 사람들의 시선이 느껴져 나는 상체를 푹 숙여 거의 앞좌석 뒤에 숨다시피 했다. 기사가 뒤를 돌아보며 히죽거렸다.

"뭐야, 나쁜 짓 많이 하고 다닌 양반인가 보네."

나는 황급히 지갑에서 현금 300유닛을 꺼내 기사에게 내밀었다.

"세 배가 넘는 것 같은데?"

"남는 건 가져요."

기사의 고맙다는 인사가 차 밖으로 빠져나오기도 전에 나는 문을 닫고 택시를 나섰다. 빗줄기가 굵고 거셌다. 지난번에 우산을 들고 왔을 땐 비가 그쳐 있더니 이번엔 반대였다. 아내는 저 멀리 붉은색 우산을 들고 걷고 있었다. 나는 이 비가 도움이 되기를 바라며 입고 있던 외투 깃을 세워 머리 위까지 들어 올렸다.

34

비 오는 소돔의 밤거리는 악몽 같았다. 어스레한 빛 아래 시야는 흐릿했고, 발을 내디딜 때마다 물컹거리며 밑으로 빨려 들어가는 느낌 때문에 속도를 내기가 어려웠다. 옛날 사람들은 대체 이걸 어떻게 견디며 살았을까. 정식으로 진단받은 적은 없지만 나도 흔하디흔한 어스포비아일지 모르겠다는 생각이 들었다. 게다가 거리를 감싸고 있던 폐기물과 기계기름 냄새는 더 심해져서 코의 감각을 아예 마비시키는 것 같았다. 놀랍게도 아내는 이런 지면 사정에 아랑곳하지 않고 계속해서 걸었다. 아무리 걸어도 그녀와의 거리는 좀처럼 가까워지지 않았다. 어느 순간 바라본 그녀의 뒷모습은 능숙하게 길을 찾아가는 것 같기도 했고, 완전히 길을 잃은 것처럼 보이기도 했다.

두려운 건 하나였다. 그녀가 정말 나를 속였다는 사실을 확인하는 것. 그게 거짓말이라는 필의 말이 진짜라는 사실을 알게 되는 것. 그때가 되면 나는 정말로 선택해야만 할지도 모른다. 이제까지 나는 내 인생에서 별안간 퇴장해버린 아버지와 책과 서재에 대해 애써 외면하며 살아왔다. 그리고 아내를 만나 이 무의미한 세계에서 붙잡을 수 있는 최소한의 의미를 발견했다. 그런데 그런 아내마저 아버지와 그 무리들에게 연결되어 있던 거라면. 어제 들었던 아버지의 말이 생각나 섬뜩해졌다. 혹 무슨 일이 생긴다면 내 오랜 벗들이 반드시 이걸 전해줄 방법을 찾을 거다. 그때가 언제든 그들을 만나야 한다. 분명 너를 기다리고 있을 거다……. 신발에 잔뜩 달라붙은 흙이 떼어낼 수 없는 아버지의 불길한 예언처럼 느껴졌다.

　미아가 걸음을 멈췄다. 나는 대각선 방향의 건물 틈에 몸을 숨긴 다음 UDC를 꺼내 그녀가 서 있는 곳의 주소를 검색했다. F구역 404섹터 497번지. 다행히 내가 아버지를 만났던 529번지는 아니었지만, 거기서 불과 몇 블록 떨어진 곳이었다. 아내는 문을 두드렸고, 누군가 열어줬다. 얼굴은 확인할 수 없었다. 붉은색 우산이 아래로 접히면서 사라졌다.

　나는 몇 초간 망설였다. 바로 뛰어들어 아내의 얼굴을 마주 보며 왜 나를 속였냐고 말할까? 아니면 필에게 모든 것을 털어놓고 경찰들과 함께 들어갈까? 만약 아내가 완전히 결백하다면? 필과 내가 오해하고 있는 거라면? 아니, 도리어 필에게 내가 뭔가 속고 있다면? 머리가 복잡했지만 이대로 혼자 저곳에 들어가기에는 불안한 마음이 컸다. 나는 몇 번이나 쓰다 지웠다 하면서 필에게 메시지를 보냈다.

　―F구역 404섹터 497번지에 뭐가 있는지 좀 알아봐줘.

　주저하다 한 문장을 덧붙였다.

　―미아 일이야.

　그러고 나서 나는 497번지로 다가갔다. 미아가 들어간 건물은 교과서에서나 보던 아주 오래된 집처럼 생겼는데, 나무와 돌 같은 원시 자재를 사용한 것이 특이했다. 안에서는 불빛이 새어 나오고 있었다. 빗소리에 가려져 희미하기는 했지만, 자세히 들어보면 웅얼거리는 말소리 같은 것도 섞여 나왔다. 입구에 이르자 짙은 녹색의 문에는 생체 인식 잠금장치도, 구식 열쇠 구멍도, 구식 자물쇠도 없었다. 나는 외투에 묻어 있는 물기를 털어내고 심호흡을 했다. 그리고 문을 두드렸다.

"누구시죠?"

잠시 후 안쪽에서 나이 든 여자의 목소리가 들렸다. 나는 대답하지 않고 다시 한번 문을 두드렸다.

"누구요?"

이번에는 다소 거친 남자 목소리였다. 최소한 세 명 이상이 모여 있다는 얘기였다. 한 걸음 물러서서 가방을 뒤졌다. 무기가 될 만한 건 어제 가져왔던 피 묻은 펜뿐이었다. 나는 펜을 오른손에 쥐고 문이 열리기를 기다렸다. 곧 날카로운 소리와 함께 문이 열렸다.

문 뒤에는 세 사람이 서 있었다. 미아, 중년의 여인, 그리고 나보다 조금 나이가 많아 보이는 남자. 아내는 놀랐는지 얼굴이 하얗게 질린 채 아무 말도 하지 못했다. 다른 여인과 남자는 눈짓 같은 것을 주고받더니 고개를 끄덕였다. 음식 냄새가 공기 중에 떠돌고 있었다.

"아내를 찾으러 왔습니다. 들어가도 되겠습니까?"

나는 쥐고 있던 펜을 자연스럽게 가방에 다시 집어넣으며
말했다.

"어서 와요."

중년의 여인이 미소를 지으며 내 손을 잡아끌었다.

35

안으로 들어가자 온기가 코끝을 덮쳤다. 몇 세기 전으로 돌
아간 듯한 고풍스러운 거실 한쪽에는 길고 커다란 식탁이 놓
여 있었고, 반대쪽에는 부엌이 있었다. 탁자 뒤로 좁은 복도가
있었고 양옆과 끝에 방문 몇 개가 보였다. 전체적으로 아버지
집과 비슷한 구조였지만 더 크고 넓었다. 다른 점이 있다면 이
집은 시체가 아니라 살아 움직이는 사람 같다는 것뿐이었다.

"여기 앉아요."

여인은 나를 식탁 의자로 안내했다. 이미 여섯 명 자리가 준
비되어 있었다. 늦은 저녁을 먹으려는 모양인지 식탁 위에는
샐러드가 담긴 접시가 올라와 있었고, 비현실적인 느낌을 주
는 푸른 장미 한 송이가 유리병에 담겨 있었다. 아내는 잠시 머

뭇거리더니 나와 대각선으로 가장 먼 자리에 앉았다. 시선을 아래로 고정한 채 나와는 눈을 맞추지 않았다. 콧수염과 턱수염을 짙게 기른 사내는 거실과 부엌 사이에 서서 팔짱을 낀 채 한동안 서 있었는데, 계속 곱지 않은 시선으로 내 쪽을 바라보고 있어 신경이 쓰였다. 여인이 돌아간 부엌에서는 뭔가를 굽는 소리와 함께 고기 냄새가 흘러나왔다.

"왜 얘기 안 했어."

나는 미아를 향해 말했다.

"하려고 했어."

그녀는 여전히 나를 보고 있지 않았다.

"거짓말."

그러자 미아가 나를 똑바로 쳐다봤다. 그녀의 눈동자에 담긴 감정의 덩어리가 너무 단단해서 나는 조금 놀랐다.

"당신은 몰라. 내가 어떤 시간을 견뎌왔는지. 내 마음이 어떤지."

"거짓말한 건 당신이야. 너야말로 날 속였다고."

"속는 게 더 나을 때도 있어."

"지금은 아냐. 덕분에 난 이제 너에 대해 아무것도 믿을 수 없게 돼버렸어. 네 이름은 진짜야? 직업은 진짜고? 말해봐. 또 뭘 속였니? 처음부터 일부러 나한테 접근한 거야? 내가 얼마나 더 놀라야 해?"

"모르면서 함부로 말하지 마. 난 정말⋯⋯."

그때 안쪽에서 방문이 열리면서 누군가 거실 쪽으로 걸어 나왔다. 언성이 높아지던 그녀가 말을 멈췄다. 우리의 대화를 지켜보며 서 있던 사내는 재빨리 움직여 그를 식탁 쪽으로 안내했다. 태도와 몸짓이 나에게와는 달리 너무 정중해서 불쾌했다.

"왔구나."

입을 연 사람은 백발의 노인이었다. 얼굴은 낯설었지만 첫 소리가 섞인 특유의 음색 덕분에 나는 그가 누군지 알아챌 수 있었다.

"최 박사님."

나는 일어서며 말했다.

"너희 아버지가 여기 같이 앉아 있었어야 했는데."

그는 만감이 교차하는 표정을 지으며 나를 바라봤다. 그러고는 나에게 손을 내밀었는데, 내가 그걸 잡자 그는 두 손으로 내 손을 감싸 쥐며 감격 때문인지 후회 때문인지 알 수 없는 눈물을 흘렸다. 나는 멋쩍어서 앉지도 서지도 못한 채 가만히 서 있었다. 시간이 갑자기 천천히 흐르는 것 같았다.

"잘 왔다, 미아도."

마침내 내 손을 놓아준 최 박사는 미아의 어깨를 두드리며 알은척을 했다. 아내는 어색하게 웃으며 인사하더니 일어나 부엌으로 들어갔다. 사내는 최 박사를 따라 자리에 앉으며 나와 미아의 뒷모습을 번갈아 곁눈질했다. 여인이 부산스러운 소리를 내면서 김이 피어오르는 접시를 들고 오더니 식탁 가운데 놓았다. 아내는 물과 컵을 가지고 왔다. 내가 일어나려 하자 여인은 손사래를 치며 다시 앉으라는 시늉을 했다.

"오늘은 손님이니까, 가만 계세요."

그 순간 아주 잠깐이었지만 옛날 생각이 났다. 아버지가 존재하던 시절의 어떤 식사. 누군가 집에서 요리라는 걸 하고, 온 가족이 둘러앉아 밥을 먹던 시절. 열한 살 이후 이런 식의 식사는 손에 꼽을 정도였다. 성분과 번호로 분류되지 않는 진짜 음식을 마지막으로 먹어본 게 언제였더라. 배가 고픈 것도 아닌데 앞에 놓인 음식 냄새를 맡으니 식욕이 돌았다.

그러나 접시를 자세히 들여다보고 나서 나는 인상을 찡그렸다. 검지와 중지 사이 크기의 애벌레들이 적갈색 소스에 파묻힌 채 접시 속에서 천천히 몸을 뒤틀고 있었다. 여인은 마지막으로 와인과 잔을 들고 와서 식탁에 내려놓더니 높은 목소리로 선언하듯 말했다.

"자, 이제 시작할까요?"

36

　여인은 최 박사를 시작으로 한 사람씩 돌아가며 와인을 따라주었다. 검붉은 액체가 투명한 잔에서 출렁였다. 사내와 나, 아내를 거쳐 자신의 잔까지 채우자 여인은 잔을 들며 말했다.

　"산 자에게는 용기를, 죽은 자에게는 평화를."

　그러자 최 박사와 사내가 같은 문장을 소리 내어 따라 했다. 아내는 조그맣게 중얼거렸다. 그런 다음 모두가 잔에 담긴 와인을 조금씩 마셨다. 나는 아내를 바라보다가 뒤늦게 잔에 입을 댔다. 건조하고 묵직한 타닌이 입안을 맴돌았다.

　"우리 모임에 온 걸 정식으로 환영해요. 일단 뭘 좀 먹고 이야기하죠."

　벌레 하나를 손가락으로 들어 올리며 여인이 말했다.

　한동안은 침묵 속에서 작은 움직임들만 계속됐다. 나는 음식에는 거의 손을 대지 않은 채 식탁 위에 놓인 접시들과 식탁보의 격자무늬만 바라보았다. 밀웜은 하층민들의 음식이었다. 특수중학교를 다닐 때 급식으로 나와 어쩔 수 없이 먹어본 적은 있지만, 정말 돈이 없어 굶어 죽는 게 아니라면 먹고 싶지 않은 메뉴였다. 값이 싸고 영양도 좋다는 사실은 알고 있었다. 하지만 접시 위에서 몸을 비틀며 필사적인 춤을 추는 벌레의 모습을 보고 있노라면 혐오에 가까운 거부감이 들었다. 그걸 먹는다는 건 스스로 인정하는 것만 같았다. 이 사회에서 나는 벌레에 불과하다는 것을. 그래서 죽을 때까지 온 힘을 다해 몸 부림쳐야 한다는 것을. 나는 접시를 식탁 안쪽으로 밀어놓았다. 가운데 꽂혀 있는 장미는 아주 조금씩 색이 변하고 있었다.

"왜, 입맛에 안 맞아요?"

여인이 물었다.

"별로 배가 안 고파서요."

대답 후에 나는 얼른 장미꽃을 가리키며 물었다.

"이건 진짭니까?"

"아뇨."

그녀는 입안에 음식을 넣고 우물거리며 말했다.

"그것만 빼고 다 진짜예요. 이 집에 있는 것 모두."

"진짜랄 게 있습니까? 다 가구인데. 진짜가 뭐가 중요해요."

내가 주위를 둘러보며 말하자 여인은 고개를 저었다.

"그렇지 않아요. 진짜란 만지고 경험할 수 있는 것들이죠. 가상의 세계에서 만들어지고 합성된 게 아니라. 이것처럼요."

그녀는 또다시 벌레 하나를 손으로 들어 올리며 말했다. 손가락 사이에서 버둥거리는 담홍색 벌레는 그녀의 엄지손가락보다도 두꺼웠다. 그 모습이 너무 혐오스러워서 나는 차라리

어서 필과 위은 일당이 몰려와 이들을 싹 잡아가기를 바랐다. 다만 그 전에 이 무리에서 아내를 제외할 명분과 이유를 생각해내야 했다. 어쩌면 시간이 얼마 남지 않았을지도 모른다.

"하나만 묻죠. 여기가 비블리온입니까?"

이번엔 모든 사람이 고개를 들었다. 나는 누구라도 대답해주면 좋겠다는 뜻으로 천천히 식탁을 둘러보았다. 사내의 표정이 좋지 않았다. 최 박사는 한숨 비슷한 것을 내쉬었다. 여인은 빙긋 웃었다. 아내는 뭔가 말하고 싶은 눈빛으로 나를 바라보았다. 여인이 입을 열었다.

"그건."

"이건 좀 아닌 것 같은데."

사내가 끼어들었다.

"솔직히 난 저 사람 누군지도 몰라요. 알고 싶지도 않고. 따님까지는 그렇다 칩시다. 민 선생님이 과거에 고생하신 거야 알죠. 그거 모르는 사람이 어디 있어요. 근데 그분 아들이라고 이렇게 절차도 없이 갑자기, 중요한 시기에 우리 모임에 불쑥 들어와도 되냐 이거예요. 그건 다른 문제지. 막말로 저 사람이 정부와 내통하고 있는지 어떻게 알아요? 누가 책임지고 신원 보증할 수 있습니까?"

"내가 하겠네."

최 박사가 말했다. 나는 사내의 말에 조금 찔려서 시선을 돌렸다. 아내의 표정이 어두웠다.

"박사님이 어떻게 하실 건데요? 백번 양보해서 저 사람이 멀쩡하다고 칩시다. 인원이 늘어난다고 해서 뭐가 달라집니까? 지금 사람 수가 중요한 게 아니잖아요. 또 밥이나 먹으면서 시간 낭비하자는 얘깁니까? 언제까지 이렇게 입으로만 떠들고 있을 겁니까? 뭐든 행동하지 않으면 아무 의미가 없어요. 우리가 이렇게 가만히 죽어지내면 대서수사과 애들이 뭐 표창이라도 준대요? 아니면 정부에서 허가라도 준답니까? 답답해서 진짜."

사내는 인상을 찡그린 채 언성을 높이더니 들고 있던 포크를 소리 나게 내려놓았다. 순간 식탁에 올려 괸 그의 오른팔에 생긴 지 얼마 되지 않은 것 같은 상처가 보였다. 동그랗고 깊은 원형의 상처들. 잠깐 동안 그 부분을 바라보다가 나는 그게 뭘 뜻하는지를 깨달았다. 저 남자. 책들이 들어차 있던 529번지를 빠져나왔을 때 내 목을 졸랐던 바로 그 사람이다.

"말 끝났어요?"

여인이 사내를 바라보며 말했다. 조금의 동요도 느껴지지 않는 표정이었다. 사내는 대답 대신 다른 곳을 쳐다봤다. 나는 사내를 향해 끓어오르려는 분노를 가라앉히려 애를 썼다.

"갈로 씨 얘기가 맞아요. 우리가 하는 일이 소극적이고 방어적으로 느껴질 수 있죠. 갈로 씨가 보기엔 마치 패배를 인정하는 것처럼, 이기고 싶은 마음이 처음부터 없는 것처럼 보일 수도 있어요. 하지만 그게 우리가 택한 방식입니다."

여인은 내 쪽으로 고개를 돌리며 말했다.

"네, 여기가 비블리온이에요."

37

"조금 더 여유 있게 식사를 마치고 싶었는데, 난 이쯤에서 끝내야 할 것 같군요."

여인은 벌레가 반쯤 남아 있는 접시를 왼쪽으로 치우며 말했다.

"이왕 이렇게 된 거, 먼저 몇 가지 정리하고 갑시다. 첫째, 나는 이 아이의 엄마예요. 그러니까 그쪽은 내 사위가 되는 거죠. 둘째, 그쪽 아버지는 우리 모임을 만든 사람이에요. 잡혀가기 전까지는 이곳의 수장이었고. 셋째, 우리 같은 모임은 우리뿐만이 아네요. 처음에는 느슨하게 연결되어 있었지만, 분서 사건 이후 다 흩어졌죠. 이제 통합정부 아래 얼마나 많은 조직이

어떻게 흩어져 있는지는 아무도 몰라요. 그게 각자가 살아남을 수 있는 이유이기도 하지만. 어쨌든 우리는 이렇게 비정기적으로 모여 서로의 안부를 확인하고 밥도 먹고 그래요. 정부에서 의심하는 것처럼 대단한 일을 하는 건 아니고."

여인은 희미하게 웃으면서 아내를 바라봤다.

"그런데 왜 죽었다고 한 거죠? 아니면 처음부터 미아가 날 속인 겁니까? 일부러?"

내가 묻자 여인은 아내에게 고갯짓을 하며 말했다.

"얘, 그건 네가 말해줘야겠다."

아내는 머리를 한번 뒤로 쓸어 올리고는 나를 봤다. 그리고 얼굴을 살짝 찡그렸는데, 그 모습은 마치 오래전 캡슐 타워 지하 세탁실에서 그녀를 처음 봤을 때의 표정을 떠올리게 했다. 이 세계에 속한 것 같지 않은, 좀처럼 속이 보이지 않아 다가가고 싶게 했던 회색의 표정.

"처음엔 예감이었어. 엄마가 죽지 않았다는 거."

아내가 입을 열었다.

"엄마가 잡혀 들어가 있을 때 나는 외할머니 집에 가 있었어. 어릴 때라 다른 건 잘 기억나지 않지만 엄마가 출소했을 때만은 분명히 생각나. 그렇게 기다리던 엄마를 봤는데 얼굴이 너무 낯설어서 울었거든. 내가 기다리던 엄마가 아닌 것 같았어. 너무 마르고 초췌해서 살아 있는 사람이 아닌 것 같았지. 한동안은 무서워서 엄마 곁에 가지도 못했어. 결국 다시 익숙해지기는 했는데, 그 행복은 오래가지 않았어. 엄마가 다시 집을 나간 거야. 외할머니는 끝까지 엄마가 어디로 갔는지 말해주지 않았어. 그냥 잠깐 어디 갔을 뿐이라고, 너무 늦지 않게 돌아올 거라고 했지. 죽을 때까지 그렇게 말했어. 엄마 소식은 외할머니 장례를 치르기 위해 집에 온 외삼촌이 나한테 적선하듯 말해준 거야. 말끝마다 내가 나중에 엄마랑 의논할게요, 라고 하니까 신경질을 내면서. 네 엄마는 죽었다고. 그러니까 기다리지 말라고."

아내의 입술이 미세하게 떨렸다. 여인은 아기를 다루듯 손을 뻗어 미아의 어깨와 등을 부드럽게 어루만졌다.

"하지만 커가면서 다른 종류의 의문이 생겼어. 나는 고아원에 가지도 않았고 다른 정부 기관에 맡겨지지도 않았지. 외삼촌은 나를 살피기는커녕 내 연락을 받지도 않았어. 외할머니마저 죽은 다음에 나는 어떤 식으로 살아도 이상하지 않은 사람이었어. 당장 죽어버릴 수도 있었고, 가장 나쁜 선택만을 하면서 파멸해갈 수도 있었지. 그런데 신기하게도 그렇게 되질 않았어. 나에게 어떤 결정이 필요할 때마다 누군가 나타나 아주 구체적인 방식으로 도움을 줬거든. 특수중학교에 간 것도,

전산 직종을 선택한 것도 그래서였어. 게다가 매달 나에겐 모르는 사람 이름으로 일정한 생활비가 들어왔어. 경제적으로 완전히 자립하게 된 스물다섯까지. 어쩌면 그것 때문에 버틴 거지. 엄마가 사라졌는데, 세상 곳곳에 엄마가 숨어 있는 것 같았어."

"나한텐 분명 자살이라고 했잖아."

내가 말했다.

"그래, 그게 엄마에 대한 공식적인 내 입장이었어. 외삼촌의 말이기도 했고. 하지만 내가 엄마 시체를 본 건 아니니까, 마음 깊은 곳에서는 확신하지 않았지. 아니, 반대로 확신하고 싶었지. 엄마가 죽지 않고 어딘가 살아 있을 거라고."

미아는 자신의 등을 만지던 여인의 손을 끌어 잡았다.

"내가 병원 다니던 거 생각나지? 당신이 늘 원시적이라고 비난했던 체외수정. 일곱 번째 수술에 실패하고 병원을 나오는데 진짜 너무 괴롭더라. 몸과 마음이 다 찢어져서 공기 중으로 흩어지는 것 같았어. 밖에 비가 오고 있었는데, 저 비를 맞으면 나도 녹아서 빗물과 함께 어딘가로 흘러가 사라져버릴 것 같은 공포가 드는 거야. 도저히 집까지 갈 수가 없어서 다시 병원으로 들어왔는데 세상이 다 원망스러웠지. 대체 왜 나를 낳아서 이런 고생을 하게 하나. 사라진 엄마와 얼굴도 모르는 아빠 생각을 했어. 비가 그칠 때까지 화를 삭이며 병원 로비에 앉아 있는데 문득 그런 생각이 드는 거야. 엄마와 아빠도 혹시 체외수정으로 나를 낳지는 않았을까? 그렇다면 여기 기록이 남아 있지 않을까? 하는 의문. 그래서 데스크에 가서 물어봤더니 본인일 경우 간단한 양식만 작성하면 결과를 조회해준다는 거야. 밑져야 본전이라고 생각하고 해봤지. 그랬더니 결과가 나오더라. 그때 처음 알게 된 거야. 아빠라는 존재에 대해서."

"왜 나한테 얘기 안 했어? 그렇게 중요한 일을."

"왜 내가 당신에게 다 얘기해야 한다고 생각해? 이건 개인적인 문제야. 그리고 끝까지 들어봐. 그 단계에서 얘기할 수는 없었어. 내 목표는 엄마를 찾는 거였다고. 아빠가 아니라. 게다가 그렇게 알게 된 아빠의 정체가 뭐였는 줄 알아? 은행이었어. 통합정자은행. 엄마는 누굴 만나서 결혼하거나 동거한 게 아니라 그냥 나만 만든 거야. 은행에서 정자만 선택해서. 그러니까 나한테 아빠라는 존재는 있으면서 동시에 없는 셈인 거지."

"그래서, 찾을 수도 없는 아버지와 당신 어머니가 무슨 관련인데."

"제발 좀. 끝까지 들어보라고 했잖아. 병원에는 남아 있는 수정란에 대한 기록도 있었어. 통합정부에서 목매는 거 있잖아. 통합관리, 통합기록. 그 덕분에 엄마에게 냉동된 수정란이 두 개나 더 있다는 걸 알게 됐지. 나의 형제자매가 될 수도 있었던 가능성들 말이야. 그런데 그 두 개가 파기되었다는 거야. 날짜를 확인해보니까 엄마가 사라진 날보다 2년 9개월이나 더 지나서였어. 3개월 후에 엄마는 결국 사망선고를 받게 돼. 외삼촌이 해놓은 신고 때문에 이미 실종선고를 받은 상태였거든. 실종과 사망 사이라니, 좀 묘하지 않아? 그래서 난 확신하게 됐지. 엄마는 분명 어딘가에 살아 있을 거라고."

"그건 억측이지. 남자 쪽에서 할 수도 있잖아."

"남자는 못 해. 통합정자은행에 정자를 넘기면서부터는 은행 소유야. 여자만 할 수 있어."

"하지만 그게 어머니가 널 버리고 떠난 이유를 설명해주진 않아."

나는 여인을 바라보며 말했다. 그녀는 여전히 옅은 미소를 띠고 있었지만, 그 순간만큼은 애잔한 표정을 숨기지 못했다.

"있지, 지금 나는 당신을 설득하거나 이해시키려는 게 아냐. 변명하려는 것도 아니고. 그냥 이 과정 전부가 나에게 얼마나 중요했는지를 말하고 싶은 거야. 결국 나는 엄마를 만났고, 당신은 여기 이 자리에 앉아 있으니까. 모든 게."

아내는 거기까지 말하고 나서 뭔가에 복받친 듯 입술을 살짝 깨물었다.

"너무 가까이 있었어. 모든 게."

그때 노크 소리가 들렸다.

크日

나는 식탁 아래로 팔을 내려 주먹을 꽉 쥐었다. 긴장 속에서 모두의 시선이 문 쪽으로 쏠린 사이 필과 위은이 들어오면 어떻게 움직여야 할지를 생각했다. 총기와 병력을 앞세운 진압 작전일수도 있고, 아버지 때처럼 조용한 연행과 체포일 수도 있다. 후자라면 다행이지만 전자라면 미아나 내가 피해를 입지 않기 위해 조심해야 한다. 특히 사내가 걸렸다. 후자라고 해도 저 사내 같은 존재 때문에 얼마든지 전자가 될 수도 있으니까.

여인과 사내가 일어나 문 쪽으로 나갔다. 나는 의자를 뒤로 살짝 밀고 언제든 일어날 수 있게 앉았다. 최 박사는 피곤한 얼굴로 푸른 장미를 바라보며 밭은기침을 몇 번 했고, 아내는 고개를 들어 한밤의 방문자가 누구인지를 살피려 했다. 이윽고 문 열리는 소리와 함께 말소리가 들렸다. 최소한 전자의 상황은 아닌 것 같았다. 여인은 새롭게 나타난 사람과 포옹을 했고 사내는 멋쩍게 웃으며 바깥을 살피고는 문을 닫았다. 여인과 사내 사이로 빠져나온 방문자는 여자였다.

"늦어서 미안합니다."

새로운 여인이 말했다. 아내가 일어나 그녀에게 다가가 포옹을 하더니 내 쪽을 돌아보며 말했다.

"이분이 바로 그분이야. 나에게 매달 생활비를 넣어줬던."

최 박사도 일어나 손님을 반겼다. 두 사람은 스스럼없이 인사를 나눴다. 그녀의 손끝에서 꽃무늬 손가방이 달랑거렸다. 나는 혼란스러웠다. 도대체 뭐가 어떻게 돌아가는 건지 알 수가 없었다. 머릿속에서 여러 장면들이 교차되어 정신없이 돌아갔다. 아주 잠깐이었지만 지금의 시공간이 현실이 아닌 것처럼 느껴지기도 했다.

눈앞에 서 있는 건 어머니였다.

"반갑네, 아들."

나는 엉거주춤 일어났다가 뭐라고 대답해야 할지 몰라 가만히 서 있었다. 그사이 나머지 사람들이 자리로 돌아와 앉았다. 어머니는 비어 있던 마지막 자리에 앉았다. 뒤따라 앉았지만 어머니 쪽을 쳐다볼 수가 없었다.

"많이 놀랐니?"

어머니가 말했다.

"네."

나는 겨우 답했다.

"먹을 것 좀 내올까?"

여인이 묻자 어머니는 고개를 저었다. 아내가 아까와는 사뭇 다른 명랑한 목소리로 말했다.

"이진아라는 이름이었어. 내 후원자. 우리 엄마와 어머님이 둘도 없는 친구였다는 건 한참 나중에 알게 됐지만."

나는 아무 말도 할 수 없었다. 구해야 할 사람이 한 명 늘었다. 아니, 모든 게 어그러졌다. 내가 모든 걸 망쳤다. 이제 그들은 와서는 안 된다. 지금 당장 도망가야 할까? 여기에 솔직히 털어놓아야 할까? 초조해졌다. 판단력이 흐려지고 있었다.

"여기 왜 오신 거예요."

내가 묻자, 어머니는 늘 보아오던 그 얼굴, 차분하면서도 어두운 표정으로 말했다.

"네가 올 거라고 해서. 이젠 너도 함께해야 하니까."

"왜 진작……."

말문이 막혔다. 원망과 분노, 혼란과 배신감이 얽혀 마음속에 누구도 풀 수 없고 누구도 해석할 수 없는 알고리즘을 만들어냈다. 엄마, 도망가야 해요. 지금 당장. 정말 하고 싶은 건 그 말이었다.

"모든 일에는 다 때가 있는 법이란다."

어머니가 말했다. 그때 사내가 벌떡 일어나더니 식탁 위의 장미를 가리키며 조용히 하라는 수신호를 해 보였다.

장미가 붉게 빛나고 있었다.

39

"이게 뭐예요?"

아내가 물었다. 여인은 말없이 일어나서 방으로 들어가더니 겉옷과 가방을 챙겨 나왔다. 사내는 민첩하게 최 박사에게 옷을 건네고는 주방으로 가서 뭔가를 뒤적거렸다. 여인은 어머니에게 다가가 귓속말을 나눴는데, 대화 중간중간 어머니는 고개를 몇 번 끄덕였다. 아내의 질문에는 아무도 대답하지 않았다. 분주하고 일사불란하게 움직이는 다른 사람들과 달리 우리는 멍하니 서 있기만 했다.

"자, 이제······."

여인이 대화를 마치고 우리를 향해 뭔가 말하려는 순간, 부엌에서 성큼성큼 걸어 나온 사내가 갑자기 나에게 총을 들이댔다.

"너지."

나는 순간적으로 얼어붙어서 움직이지 못했다. 사내의 눈빛은 적의로 가득 차 있었다.

"처음부터 수상하다 했어. 기록부에서 정부에 몸 바치는 새끼가 민 선생 아들이라고? 다들 봤죠? 지금 경보 울린 건 이 새끼 때문이야. 말해. 누구야 너. 누구한테 뭐라고 찌른 거야. 안 들려? 지금 밖에 누가 와 있냐고!"

사내가 총구로 내 머리를 거칠게 밀었다. 통증보다 두려움이 먼저 엄습했다.

"난 모릅니다."

목소리가 떨려 나왔다. 그러자 사내가 왼손으로 멱살을 잡으며 총구를 내 머리에 더 밀착시켰다. 나는 숨을 멈추지 않으려고, 눈을 똑바로 뜨려고 노력했다. 사내의 완력 때문에 서 있던 자리에서 몇 걸음 뒤로 밀려났다.

"그만해요."

저쪽에서 여인이 말했다.

"몰라? 지금 나한테 그 말을 믿으라고?"

사내는 실소하며 나를 식탁 옆 벽까지 밀어붙였다. 왼쪽 귀에서 자력으로 총알이 장전되는 소리가 지나치게 가까이 들렸다.

"그만하라고!"

여인이 다가오며 소리 질렀다. 이번에는 사내도 움찔하더니 내 목을 조르고 있던 손을 풀고 천천히 뒤로 물러났다. 하지만 겨누고 있던 총구는 내리지 않았다.

"도대체 왜 그래요? 갈로 씨 사고 친 지 일주일밖에 안 됐어요. 벌써 잊었어요? 그것 때문에 우리 모두가 힘들어졌잖아. 그 통제 안 되는 분노와 혈기 때문에. 분명히 말합니다. 일어난 일은 이미 일어난 일이에요. 우리끼리 이럴 시간 없어요."

여인은 사내를 한참 노려보다가 내 쪽으로 돌아섰다.

"괜찮아요? 안 다쳤고?"

나는 방금 전까지 사내의 손이 머물렀던 목을 쓰다듬으며 고개를 끄덕였다. 아직까지도 턱밑이 얼얼했다.

"자, 계획을 수정합시다. 비상시 계획으로. 진아와 갈로 씨, 최 박사님이 남으세요. 나는 이 부부를 데리고 나갈게요. 일단 흩어지고 거기서 다시 모입니다. 세 시간 후에."

모여든 사람들 앞에서 여인이 말했다.

"여기 상황이 안 좋아지면?"

최 박사가 물었다.

"최악의 상황도 가정해야겠죠. 만약 그렇게 되면⋯⋯."

"플랜 엑스. 그땐 나 말릴 생각 마요. 다 날려버릴 거니까."

사내가 말하자 여인은 한숨을 쉬었다.

"그때가 되면 말릴 수도 없겠죠. 맘대로 해요. 하지만 플랜 엑스까지 가지 않는 게 우리의 우선적인 목표라는 건 잊지 마시고."

사내가 고개를 끄덕였다.

"그리고 이제 그 총 좀 내려줄래요?"

여인이 말했다. 사내는 총을 내리고 방에 들어가더니 검고 커다란 가방을 가지고 나와 거실에 펼쳤다. 그리고 쪼그려 앉아 그 안에서 플라스틱 기구 같은 것을 여러 개 꺼냈다.

"이게 뭔데요?"

아내가 묻자 사내가 그중 하나를 들어 보이며 말했다.

"3D 프린터로 만든 리버레이터. 일종의 권총이요. 딱 한 발만 쏠 수 있는."

"이런 걸 만들어도 된다고요?"

일어나 기구를 들고 나눠주던 사내가 나를 빤히 쳐다봤다.

"당연히 불법이지. 종이책은 뭐 합법이야?"

내 차례가 되었을 때 사내는 마지막 남은 기구를 들고 잠시 망설였다. 나는 그를 쏘아보며 손을 내밀었다. 그는 조금 누그러진 목소리로 말했다.

"일단 주지. 의심이 가신 건 아니라는 거 분명히 알아두고."

"고맙네요."

내가 말했다. 그가 건네준 리버레이터는 총이라는 게 믿겨지지 않을 만큼 작고 가벼웠다. 그냥 지상철의 흔한 플라스틱 손잡이 같았다. 나는 손잡이를 주머니에 넣었다.

"서둘러야겠네."

최 박사가 식탁 위를 가리키며 말했다. 거기엔 붉은색이던 장미가 축 늘어진 채 검푸른색으로 바뀌어 있었다. 바라보는 사이 검은 꽃잎 몇 개가 아래로 떨어졌다.

"이제 정말 갑시다."

여인이 나와 아내를 잡아끌며 말했다.

40

여인이 복도 끝에 있는 방문을 열었다. 불을 켰지만 샛노란 등은 제대로 켜지지 않은 채 불규칙적으로 깜빡거렸다. 널찍한 방에는 별다른 가구도 없이 이런저런 잡동사니들만 쓰레기처럼 쌓여 있었다. 오래된 먼지와 퀴퀴한 냄새가 병균처럼 실내를 떠돌았다. 여인은 오른쪽 구석으로 다가가 쌓여 있는 물건들을 치우기 시작했다.

"뭐 해요? 빨리 안 돕고."

여인의 말에 아내와 나도 다가가 치우는 걸 도왔다. 백색 도자기, 철제 책상, 설치식 텔레비전, 나무 탁자와 선반, 용도를 알 수 없는 플라스틱과 찢어진 가죽 가방 같은 세기 전 물건들이 대부분이었다.

"이건 안 밀리는데요?"

나무로 만든 의자 하나가 바닥에 고정된 채 움직이지 않았다. 여인은 알고 있다는 듯 다가와 손끝으로 의자 바닥을 조심스럽게 만지더니 작은 홈에 손가락을 넣어 위로 올렸다. 그러자 의자 전체가 뒤로 젖혀지면서 의자와 이어져 있던 정사각형의 바닥이 위로 들렸다.

"자, 어서 이쪽으로. 문 닫고!"

여인이 먼저 아래로 뛰어내렸다. 아내가 그 뒤를 따랐다. 나는 방문을 닫으러 갔다가 거실에 여전히 서 있는 어머니와 눈이 마주쳤다. 거리 탓인지 남아 있는 사람들의 실루엣은 희미했다. 그녀는 나를 바라보며 천천히 고개를 끄덕였다. 그것은 아무것도 아닌, 심지어 감정이 담겨 있는 것 같지도 않은 작고 사소한 움직임에 불과했는데도 순간 내 마음을 무너뜨렸다. 저 끄덕임의 의미는 뭘까. 엄마 자신은 알고 있을까. 강섬유 콘크리트처럼 단단하다고 자부해온 내 마음에 일제히 균열이 생겨났다. 멀찍이 서 있는 어머니의 모습은 아버지의 마지막 모습처럼 보였다. 나는 서둘러 문을 닫고 블랙홀처럼 입을 벌리고 있는 구멍 속으로 들어갔다.

나까지 내려가자 여인은 줄을 당겨 입구를 닫았다. 허리를 굽힌 채 일렬로 좁고 어두운 통로를 지나니 조금 더 넓은 통로와 연결된 지점이 나왔다. 콘크리트로 사방이 발라진 통로는 두 사람이 나란히 걸을 만한 폭과 높이였는데, 발목 근처에서 희미한 주황색 불빛이 일정한 간격마다 빛나고 있었다. 여인은 메고 있던 가방에서 휴대용 라이트를 꺼내 켜고는 앞장서 걷기 시작했다.

"여긴 어디죠?"

아내가 물었다.

"세기 전에 지어진 배수로. 지금은 아무도 쓰지 않지만."

"배수로요?"

"도시의 하수도 역할을 했던 통로야. 지금처럼 오염 물질을 압축해서 처리하는 시스템이 없었던 시절의 유산."

"어디까지 가요? 이게 다 어디로 통해 있는 겁니까?"

"가보면 알아요."

여인은 내 질문에 뒤도 돌아보지 않고 답했다. 순간 뭔가가 물컹하고 발 위로 지나갔다. 깜짝 놀라 소리를 냈더니 여인이 라이트로 내 쪽을 비췄다.

"뭐죠?"

"쥐예요."

"뭐라고요?"

"놀랄 필요 없어요. 나중엔 고마워하게 될 테니까."

무슨 말인지 이해할 수가 없었다.

"오염된 동물입니까? 소독해야 해요?"

내가 물었지만, 여인은 갈림길이 나타나고 나서야 잠깐 멈춰 섰다. 뒤돌아선 그녀의 손에 들린 라이트가 눈부셨다.

"아뇨, 그렇지 않아요. 저 쥐가 우리보다 깨끗할걸요. 소돔이라고 다 그럴 것 같아요? 더럽고 불결하고 오염되고? 심지어 소돔은 범죄 다발 구역도 아니에요. 정부가 그렇게 만든 거죠. 이 F구역은 정부의 통합과 통제를 끝까지 거부하다가 가장 늦게 합류한 곳이니까. 이 배수로 남아 있는 걸 봐요."

여인이 말했다.

"아직도 잘 모르겠어요? 영 씨가 아는 세상이 다가 아니라고요. 우리가 그저 종이책 애호가들이 아닌 것처럼요. 이 정부가 정말 하려는 일을 알게 되면……."

그때 우리가 떠나온 뒤쪽에서 폭발음과 함께 둔탁한 진동이 느껴졌다. 내가 뒤돌자 여인이 내 팔목을 잡았다.

"서두릅시다."

174

여인은 아내와 나를 갈림길 왼쪽으로 데려갔다. 그 끝은 막다른 길이었는데, 자세히 보니 그냥 뻥 뚫려 있는 공간이었다. 여인은 절벽처럼 직각으로 꺾인 아래쪽을 가리키며 말했다.

"여기서부터가 진짜 하수도예요. 과거에는 물이 흘렀죠. 지금은 다른 게 흐르고 있지만."

여인이 잠깐 비켜서주는 바람에 나는 아래를 내려다보았다. 하얗고 검은 무채색 점들이 파도처럼 요동치며 천천히 흘러가고 있었다.

"실험용 쥐들이에요."

그 말을 듣자마자 아내가 뒷걸음질 쳤다. 여인은 아내의 손을 쥐었다.

"강이라고 생각해. 잠깐이면 돼."

여인은 아내의 어깨를 한쪽 손으로 감싸고 주저 없이 뛰어내렸다. 아내가 짧은 비명을 질렀다. 아래쪽을 바라보고 있는 것만으로도 현기증이 났다. 곧 팔뚝만큼 커다란 쥐들 사이에서 아내와 여인이 몸을 털며 일어났다. 여인은 쥐들이 만들어낸 물결 사이를 헤치며 앞쪽으로 걷기 시작했다. 아내는 여인과 나를 번갈아 쳐다보며 다급하게 손짓했다. 또 한번 발밑에서 진동이 느껴졌다.

나는 머뭇거리다가 눈을 감고 허공을 향해 발을 내딛었다.

41

추락은 순간이었다.

키의 두 배는 족히 될 듯한 높이에서 떨어졌기 때문에 상당한 고통이 있을 거라고 생각했지만 그렇지 않았다. 딱딱한 땅에 부딪힌다기보다는 부드러운 쿠션과 충돌하는 느낌이었다. 물결은 한 겹으로 흐르지 않았다. 쥐들 밑에는 또 다른 쥐들의 층이 있었다.

균형을 잃고 넘어졌다 일어나는 과정에서 쥐 몇 마리가 머리와 팔과 어깨를 넘어 지나갔다. 전체적으로는 예상만큼 사납거나 공격적이지 않았다. 쥐들은 그저 결승점을 향해 돌진하는 달리기 선수들처럼 자신들의 경주에만 몰입하고 있었다. 사방에서 미세하게 다른 높낮이를 지닌 찍찍거리는 소리가 기계들의 기괴한 합창처럼 지하 빈 공간을 울렸다. 멀리서 여인과 아내가 직각 벽에 설치된 뭔가를 붙잡고 오르는 모습이 눈에 들어왔다. 나는 천천히 발을 움직이며 걸었다. 쥐들 중 일부가 지나가며 종아리를 가볍게 물거나 손끝을 건드렸다. 간지러움이나 따가움, 물컹한 촉감은 참을 수 있었지만 우연찮게 눈이 마주치는 건 몹시 괴로웠다. 모든 것을 빨아들이는 것 같은 작고 동그란 검은 눈동자가 나를 바라볼 때마다 온몸에 소름이 돋았다. 시선을 멀리 두고 걸음을 멈추지 않는 것만이 최선이었다. 진짜 물에서 걷는 것처럼 속도가 나지 않았다.

근처에 이르렀을 때 두 여자는 이미 위층 배수로 쪽으로 올라가 있었다. 벽에는 철제 손잡이가 붙어 있었는데, 중간에 몇 개는 뽑힌 것처럼 사라진 채였다. 나는 쥐의 물결을 거슬러 벽 쪽으로 향했다. 가장 가까운 손잡이를 붙잡고 오르기 시작했을 때 뭔가가 바지 끝자락을 물더니 벽을 타듯 나를 타고 올라왔다. 마침내 어깨까지 이른 쥐와 눈이 마주친 순간, 하마터면 손잡이를 놓치고 다시 아래로 떨어질 뻔했다. 하수도를 가득 메운 쥐들보다 몸집이 두 배는 큰 검은 쥐가 나를 응시하고 있었다. 검은 쥐는 나를 보며 마치 말하는 것처럼 낮은 주파수의 소리를 내다가, 내 어깨와 목 뒤를 오가며 왕복운동을 했다. 게다가 설상가상으로 다른 쥐들도 비슷한 방식으로 바지에 매달려 있다가 나를 타고 올라오기 시작했다. 여러 마리가 몸에 매달려 있으니 무게도 상당해져서 손잡이를 잡은 손이 자꾸만 헐거워졌다.

위쪽에서 아내 얼굴이 나타난 건 그때였다.

아내는 아래를 내려다보더니 잠시 사라졌다가 다시 나타났다. 이번엔 손에 뭔가를 들고서였다. 곧 탕, 하는 소리와 함께 바로 눈앞에서 검은 쥐가 튀어 올라 두 동강이 나서 아래로 떨어지는 걸 본 후에야 그것이 리버레이터라는 것을 알았다. 아내는 다 쓴 발사기를 아래로 던져버리더니 여인에게서 또 다른 리버레이터를 건네받아 나를 겨눴다. 이미 내 어깨에는 두세 마리의 쥐들이 올라와 있는 데다가 그중 하나는 내 머리카락을 물어뜯으며 머리 위로 올라가려는 시도를 하고 있어서 나는 그것들을 떨쳐내기는커녕 그대로 버티고 있기조차 힘들었다. 눈을 감고 온몸의 힘을 손가락에 집중하고 있을 때 다시 한번 총성이 울렸다. 나는 어깨와 머리가 가벼워진 틈을 타서 나머지 손잡이를 잡고 끝까지 올라가는 데 성공했다.

"날 쏘는 줄 알았어."

나는 얼굴에 묻은 피를 닦으며 아내에게 말했다.

"다음엔 장담 못 해."

아내는 씩 웃더니 내 발 옆으로 끝까지 따라온 흰색 쥐 한 마리를 발로 찼다. 그 순간 그녀는 뭔가를 극복한 사람처럼 보였다. 아래로 떨어진 쥐는 하얀 점이 되어 멀어지다가 쥐 물결에 닿는 순간 흔적도 없이 사라져버렸다.

42

여인은 라이트를 들고 주황색 불빛이 박혀 있는 미로 같은 배수로를 익숙하게 앞서나갔다. 나는 아내의 손을 잡고 그녀의 뒤를 쫓았다. 따라가기 힘들 정도로 빠른 속도였다. 어느 순간까지는 갈림길마다 방향과 순서를 외우려 노력했지만 이내 포기하고 말았다.

여인이 멈춘 곳은 천장이 사각형으로 다른 곳보다 조금 더 높게 뚫려 있는 지점이었다. 내려왔던 입구와 비슷한 것으로 보아 지상과 연결되는 통로 같았다. 여인은 혼자서 손을 뻗어 밀어보더니, 곧 도착한 우리를 손짓해 불렀다.

"같이 해야 해요. 동시에."

가상의 좁은 네모 속에 들어간 세 사람이 손으로 힘껏 밀었지만 여전히 천장은 움직이지 않았다. 높이가 팔 길이보다 높아 힘이 잘 들어가지 않는 게 문제였다.

"내 위로 올라가요. 두 사람 다."

여인이 엎드려 몸을 웅크렸다. 아내와 나는 서로를 마주 보며 난감한 표정을 지었다.

"빨리!"

미아가 먼저 여인의 등 위로 올라갔다. 나도 조심스럽게 여인의 좁은 등에 발을 올렸다. 발바닥에서 돌출된 여인의 딱딱한 척추뼈가 느껴졌다. 그녀의 온몸이 떨리고 있었다. 아내와 나는 타이밍을 맞춰 천장을 밀었다. 턱, 하고 접착제가 떨어지는 것 같은 소리가 나더니 위에서 먼지가 쏟아지면서 입속으로 들어왔다. 우리는 꽤 무게가 나가는 네모난 천장을 한쪽으로 밀어내고, 아내를 먼저 올려 보냈다. 그다음 아내가 다시 나를 끌어올리고 마지막으로 둘이 여인을 붙잡아 올렸다. 셋이 모두 위로 올라오자 누가 먼저랄 것도 없이 한쪽에 주저앉았다. 목 뒤와 등이 땀으로 흠뻑 젖어 있었다. 저절로 낮은 신음이 흘러나왔다.

"위로 편하게 다닐 때가 좋았지. 어딘지 알겠어요?"

앉은 채로 여인이 라이트를 켜며 물었다. 우리가 들어와 있는 공간은 넓지 않아 보였다. 천장이 아치형으로 되어 있어 가운데가 가장 높다는 것만이 특이했다. 나는 고개를 저었다.

여인은 가방에서 다시 무언가를 꺼내 공간 가운데로 다가갔다. 정사각형 기둥이 거기 있었다. 순간적으로 여인의 손끝에서 불이 피어오르더니 공간이 조금 밝아졌다. 기둥 위에서 불꽃이 타오르기 시작했다. 그 불을 보자 떠오르는 것이 있었다. 나는 일어나 기둥 쪽으로 다가갔다. 대리석으로 만든 기둥의 냉기. 그 위에서 타오르는 불의 열기. Ashes to Ashes, Dust to

Dust. 기둥 윗면에 새겨진 문장을 보자 비로소 기억이 또렷해졌다.

"어떻게 여기로 온 거죠?"

내가 물었다. 불을 사이에 둔 여인의 얼굴에 불그림자가 춤추듯 어른거렸다.

"그때 왜 그 종일 태워버렸어요? 그러지 않았다면 모든 게 더 쉬웠을 텐데."

여인이 나를 바라보며 말했다. 나는 불에 타들어가는 종이 사이로 떠오르던 글자들을 생각했다.

"어떻게 알죠? 보고 있었습니까?"

어느새 아내가 기둥 옆으로 다가와 대화를 듣고 있었다.

"당연하죠. 그럼 누가 민윤식 씨 메시지를 틀고 여기 불을 붙여놨겠어요? 여긴 귀신의 집이 아니에요."

여인이 말했다.

"당신 아버지는 아들에게 수수께끼를 주고 싶어 했어요. 좋은 방법인지는 모르겠지만, 그게 그분의 방식이었죠. 그이는 특이하고 괴상한 행동을 많이 했어요. 때론 감당하기 어려울 정도로. 서재에 대해서도 자기가 아들을 교육시킨 방법이 있기 때문에 반드시 찾아올 거라고 했죠. 수수께끼도 마찬가지고. 다 말렸는데도 자기 아들은 이걸 풀 수 있다고 자신했어요."

"그런데 틀렸군요."

"글쎄요, 아직 다 끝난 건 아니니까."

"내가 놓친 게 뭐죠? 그 종이에 적혀 있던 것?"

"지도였겠죠. 비블리온으로 찾아오는 방법이 적힌. 그렇지만 뭐 어때요. 지도 한 장 없이도 결국 이렇게 찾아왔는걸. 윤식 씨에게 한마디 해줄 걸 그랬어요. 세상은 당신이 생각하는 것처럼 돌아가지 않는다고."

나는 아버지가 나에게 수수께끼를 남기고 싶어 했다는 사실 자체가 잘 이해되지 않았다. 지나치게 현실감 없는 이야기처럼 느껴졌다.

"아버지는 나한테 아무 관심이 없었어요. 그 사람은 아마 단 한 번도 진정한 의미에서 나를 생각한 적이 없을 겁니다."

여인은 내 말에 미소를 지었다.

"과연 그럴까요?"

여인은 어두운 벽 한쪽으로 걸어가더니 아무것도 없는 벽을 두 팔로 밀었다. 그러자 벽이 문처럼 회전하면서 틈새로 불빛이 쏟아졌다.

43

아버지가 있던 자리.

불 켜진 공간으로 들어서자마자 그 생각이 났다. 홀로그램이 있던 자리는 휑하게 비어 있었다. 그때는 아버지의 비밀이 숨겨진 서재라고 생각했는데, 지금은 그냥 책 창고 같은 느낌이었다. 노란빛 조명 아래 훤히 드러난 바닥은 먼지와 얼룩으로 지저분했고, 아무렇게나 꽂혀 있어 기괴한 인상을 주었던 종이책들은 그저 공간 부족과 무성의함을 나타내는 증거 같았다. 오래된 종이 냄새가 여전히 길 잃은 아이처럼 빈 공간을 떠돌아다녔다.

"이제 어떻게 되는 거죠?"

아내가 물었다.

"그냥 기다리면 돼. 그 사람들이야 특별한 혐의점이 없으니까 크게 문제가 되진 않을 거야. 다들 경험도 있고. 그렇지만 우린 문제가 되지. 두 사람은 공무원이잖아? 나야 말할 것도 없고."

"어떻게 그걸 확신해요? 남은 사람들이 잘못되면요?"

목소리가 높아졌다. 순간적으로 어머니의 얼굴이 떠올라 화가 치밀었다. 여인은 내 질문이 의외라는 듯 답했다.

"그럼 할 수 없죠."

"그런 무책임한 대답이 어딨어요?"

"할 수 없는 건 할 수 없는 거죠. 장미 알람이 울리지 않았다면 더 좋았겠지만 이미 그런 일이 일어난 걸 어쩌겠어요. 그 장미가 시들었다는 건 최소한 정부에 관계된 누군가가 오고 있다는 신호고, 지금 정황에서는 대서수사과라고 보는 게 맞겠죠. 우린 그 와중에 차선의 선택을 한 거고."

여인은 나를 달래듯 덧붙였다.

"염려 마요. 거긴 별일 없을 테니까. 이제는 아무리 대서수사과라도 실제 종이책 같은 증거가 나오지 않는 이상 현장에서 체포하긴 어려워요. 누가 작정하고 잡혀가고 싶은 게 아니라면."

"아버지의 책은 어딨죠? 그건 대체 뭡니까?"

내가 묻자 여인은 묘한 표정을 지었다.

"것보다 나도 묻고 싶은 게 있는데. 갈로 씨 말대로 정말 영 씨가 우리 위치를 정부에 알린 장본인인가요? 누구한테 보고라도 하고 있는 거예요?"

"아뇨. 그런 적 없습니다."

나는 망설이지 않고 대답했다. 이런 상황에서는 결코 우물쭈물해서는 안 된다. 나는 다른 곳으로 시선을 돌리지 않고 여인을 빤히 쳐다봤다. 얼굴이 붉어지지 않도록 평온함을 잃지 않으려 애썼다.

"그렇다면 다행이네요. 하지만 아무리 생각해도 이상하긴 해요. 저들이 어떻게 알았을까…… 뭐, 미행을 당했을 수도 있겠죠. 미아나 당신, 아니면 진아가."

여인은 대각선으로 걸어가 책장 앞에 쌓여 있는 종이책 더미 위에 앉았다.

"보니까 어때요? 이런 걸 위해서 목숨을 바칠 만한 가치가 있다는 생각이 들어요? 아버지처럼?"

"이해할 수 없죠. 그때도, 지금도."

말하는 사이 아내가 또 다른 책 무더기 위에 자리를 잡았다. 나도 다른 방향의 책무더기를 찾아 그 위에 앉았다. 앉고 보니 결국 우리는 삼각형의 꼭짓점처럼 서로를 양쪽으로 바라보는 위치에 앉게 되었다.

"여기 있는 책이 전부 몇 권쯤 될 것 같아요?"

여인이 물었다.

"5천 권?"

아내가 먼저 답했다.

"영 씨는?"

"그게 무슨 의미가 있는지 모르겠네요."

"의미가 있죠."

"마지막 종이책이라서?"

"꼭 그렇진 않아요."

여인은 미소를 지었다.

"종이책은 다른 곳에 훨씬 더 많아요. 여기 있는 건 아무것도 아닐 만큼."

"또 다른 창고가 있다는 얘깁니까?"

"우리가 갖고 있는 건 이게 다죠."

"무슨 소립니까? 앞뒤가 안 맞는데."

"우리 말고도 가지고 있는 단체가 있거든요."

"다른 비블리온 말입니까? 서로 정체도 모른다는?"

"아뇨."

여인이 말했다.

"정부 말이에요."

순간 약속이라도 한 듯 아내와 눈이 마주쳤다.

44

"정부가 종이책을 가지고 있다고요?"

먼저 되물은 건 아내였다. 내가 묻고 싶은 말이었다.

"그래."

"말도 안 돼. 그럼 분서는? 대서수사과는? 엄마가 잡혀간 건요?"

"내가 잡혀간 건 사실이지만 그게 다야. 모두가 속은 거야. 나를 포함해서. 그들은 아무것도 태우지 않았어. 분서는 그냥 쇼야."

"가능합니까 그게? 직접 봤어요?"

내가 물었다.

"우리도 최근에야 알게 됐어요. 종이책이 완전히 사라진 게 아니란 걸. 물론 눈으로 본 건 아니지만."

"그럼 아닐 수도 있잖아요."

아내가 말했다. 여인은 고개를 저었다.

"복수의 제보자가 있었어. 우리 비블리온뿐만 아니라 다른 비블리온에도, 심지어 정부 내부에도. 1차 분서, 2차 분서, 3차 분서, 그리고 마지막 개별 체포. 이름은 다 분서였지만, 그 10년 동안 실제로 정부가 한 일은 종이책을 모으는 거였어. 없애버리려는 게 아니었다고. 오랫동안 우리는 종이책이 하나의 구실에 불과하다고 생각했지. 그들의 진짜 목적은 정부에 반대하고 자신만의 목소리를 내려는 소수의 사람들을 잠재우고 잡아들이기 위한 거라고. 그런데 반대였던 거야. 진짜 목표는 책이었어. 구실이었던 건 우리야."

"설사 그게 진짜라고 해도, 대체 왜요?"

"나도 그걸 알고 싶어요."

여인이 나를 바라보며 말했다.

"왜 그런 일을 했는지. 무엇 때문에 책이 필요했는지. 그 많은 종이책을 모아서 다 어디에 둔 건지."

여인은 일어나 가까이에 있는 책장으로 다가가더니 손을 들어 눈높이에 놓인 책등을 부드럽게 쓰다듬었다.

"분명한 건 그게 뭐든 우리가 책을 지키려는 이유와는 다를 거라는 거죠."

그 말을 듣자 다시 떠올랐다. 문을 걸어 잠근 채 의자에 앉아 있던 아버지의 서늘한 뒷모습. 나를 외롭고 가난한 아이로, 불온하고 열등한 계급으로 자라게 했던 종이책과 서재.

"그 이유란 게 뭐죠? 정부의 박해를 받고, 신분 차별을 당하고, 자신뿐 아니라 가족 모두를 불행하게 만드는데도 맞바꿀 가치가 있는 이유인가요? 이미 모든 정보가 넷에 있잖아요. 새롭게 일어나는 일은 나 같은 기록원들이 매일매일 데이터를 생성해서 추가한다고요. 종이책이 없어도 사는 데는 아무 지장 없는데 왜 그래야 합니까? 그냥 반발심인가요? 아니면 불행을 수집하는 거예요?"

아내가 나를 걱정스러운 표정으로 쳐다봤다. 여인은 무표정에 가까운 얼굴로 답했다.

"이상하게 들릴지 모르지만 우리가 책을 지키려는 건 그냥 그래야 한다고 믿기 때문이에요. 사는 것과 비슷하죠. 우리는 그걸 일종의 당위로 느껴요. 무엇 때문에가 아니라, 그래야만 하기 때문에 하는 거예요."

여인은 책을 하나 꺼내 들고 말을 이었다.

"맞아요. 책이라는 거, 별것 아니죠. 구닥다리 매체에, 생산도 유통도 보관도 불편하고, 더럽고 불결하고. 심지어 바이러스를 전파하는 원흉이라는 누명까지 뒤집어썼죠. 하지만 최초의 책을 생각해보면 지금 같은 대접은 좀 부당해요. 고대인들에게 문자를 새긴다는 건 신성하고도 거룩한 일이었죠. 파피루스에, 부드러운 널빤지에, 단단한 돌에, 종려나무 잎사귀에, 양과 염소와 사산된 송아지의 가죽에……."

"기록은 지금도 하고 있잖아요. 내가 한다고 하지 않았습니까. 몇천 년 전이든 지금이든 본질적으로는 다를 게 없다고요."

"정말 그럴까요?"

여인은 내 쪽으로 다가오더니 들고 있던 책을 내밀었다.

"이건 셰익스피어가 쓴 『리어왕의 비극』이에요. 아집과 독선이라는 옷을 입고 왕위에 앉아 있던 리어가 모든 것을 잃어버리면서 몰랐던 자신의 실체를 발견하는 이야기죠. 이 책은 브라델 제본으로 묶여 있어요. 굵은 실로 꿰매 책등을 둥글게 만드는 방식이죠. 책등과 표지 사이에 위아래로 파인 홈이 있어서 책을 열기 쉽고, 여러 번 반복해도 잘 상하지 않는 게 특징이에요."

대답할 틈도 없이 여인은 또 다른 책을 가져와 내게 건넸다.

"이 책은 『신약성서』예요. 내용은 알죠? 『구약성서』에서 예고했던 슈퍼스타가 등장하는 이야기. 이것저것 다 해봤지만 결국 남는 건 사랑뿐이더라는 이야기. 이런 건 고전 제본이라고 불러요. 책등과 겉표지 사이에 턱이 없죠. 가죽으로 전체를 감싸 부드러우면서도 질겨요. 견고하고 오래가는 방식이라, 이렇게 책을 묶으면 천년을 견디는 책도 만들 수 있어요. 아마 이 책도 몇백 년은 되었을걸요."

"아니……."

"하나만 더요. 이건 보르헤스의 단편집이에요. 제목은 붙어 있지 않군요. 보르헤스는 눈앞에 경이로운 집의 현관을 보여준 다음 그 안으로 들어가면 집을 통째로 없애버리는 마법을 부리는 작가죠. 가뜩이나 이해하기 어려운 글을 많이 썼는데, 이것 좀 봐요. 책이 다 너덜너덜해져서 책장이 여기저기 떨어져 나갔잖아요. 이게 세기 전에 가장 흔한 종류의 제본이었어요. 실로 꿰매지 않고 그냥 낱장을 접착제로 붙여놓은 거예요. 그런데 이름은 퍼펙트 바인딩이라는 게 아이러니하죠. 물론 보르헤스는 이렇게 페이지가 떨어져 나가면 더 그럴듯하게 읽힐 수도 있겠지만."

"하고 싶은 얘기가 뭡니까?"

어느새 내 손에 책 세 권이 들려 있었다. 가볍지도 무겁지도 않은 묘한 무게감이었다. 책 먼지 냄새가 콧속을 찔렀다. 여인이 두 손을 들어 올리며 말했다.

"하나의 책은 하나의 세계예요. 당대의 정치, 경제, 테크놀러지, 이념, 유행, 미적 취향이 모두 집약된 시대의 거울이죠. 동시에 그 거울들은 개별적이고 독립된 우주이기도 해요. 각자로 존재할 권리. 하나로 모아지지 않을 권리. 그게 좋은 내용이든 나쁜 내용이든, 튼튼한 실로 묶여 있든 접착제로 대강 발라져 있든, 표지가 색이 바랬든 낱장이 떨어졌든 간에, 한 권의 책처럼 살아남는 것. 비록 잊혀지고 버려져 책장 한구석에 처박혀 있을지라도, 결코 사라지지 않는 한 권의 책이 되는 것."

45

"톨레 레게."

"네?"

"펼쳐서 읽어봐요."

여인이 웃으며 말했다. 나는 들고 있는 책들을 내려다보았다. 위에서부터 두 권을 펼쳐 읽다가 덮고, 다시 읽다가 덮었다. 마지막으로 『리어왕의 비극』을 펼쳤다. 천 같으면서도 두께가 있는 딱딱한 재질 위에 금색으로 제목이 음각되어 있었다. 표지를 넘기자 검은색 종이가 한 장 나오고, 한 장 더 넘기자 흰색보다 조금 더 노란 종이 위에 제목이 다시 한번 적혀 있었다. 몇 장 더 넘기면서부터는 낯선 이름들과 시처럼 기다란 대사들이 종이를 채우고 있었다. 왼쪽 위에서 오른쪽 아래로 시선이 이어졌다. 페이지를 넘길 때마다 오른쪽 아래 종이의 각진 끝부분이 날카롭게 손가락을 찔렀다. 특별할 건 없었다. 역시 몇 장 더 넘기다 덮으려는 순간, 여인이 말했다.

"아뇨, 천천히. 더 천천히 읽어야 해요."

반감이 들었지만 그녀의 말을 무시하는 것처럼 보일까 봐 천천히 몇 장을 더 넘겼다. 글자만 더 분명하게 눈에 들어올 뿐 크게 달라지는 건 없었다.

"시간을 들여요. 그게 핵심이에요."

다시 여인이 말했다. 나는 더 천천히 책장을 넘겼다. 손가락으로 시선이 닿는 곳을 쫓아갈 때마다 까끌한 종이의 감촉과 희미한 종이 냄새가 느껴졌다. 글자의 윤곽이 아니라 의미와 문맥이 희미하게 눈에 들어왔고, 조금씩 장면이 그려지기 시작했다. 속도를 늦춰 생겨난 공간 사이로 인물들의 목소리가 하나둘 흘러들었다.

활은 이미 휘어 당겨졌으니, 화살을 피하라.

이제 이 땅에 자유는 사라지고 추방만이 있을 뿐입니다.

하지만 아버지는 예전에도 늘 자신을 잘 몰랐어.

흠, 음모인가?

운이 나빠지면 우리는 태양이나 달 또는 별 때문에 불운이 생겼다고 핑계를 대지.

그래서 촛불은 꺼지고, 우리는 어둠 속에 남겨진 거야.

내가 누구인지 말해줄 사람 어디 없느냐?

책장을 넘기다 그 문장에서 멈췄다. 내가 누구인지 말해줄 사람 어디 없느냐? 리어왕이 묻자 광대가 답한다. 당신은 리어의 그림자예요. 그 말 저편으로 아버지의 그림자가 떠올랐다. 각진 사내가 서재에 들이닥쳤던 오후. 아버지를 붙들고 있던 젊은 사내들의 손등에서 꿈틀거리던 힘줄. 각진 사내의 얼굴에 스치듯 걸려 있던 미소와 거짓이 되어버린 아버지의 마지막 말. 집 밖으로 멀어지던 그의 뒤에는 그림자가 길게 드리워져 있었다. 아버지가 사라진 뒤에도 그림자는 좀처럼 사라지지 않았다. 오히려 그것은 내 안으로 틈입하여 나 자신의 일부가 되었다. 아버지는 누구였을까. 아버지도 아버지의 그림자였을까. 그때는 느끼지 못했던 어떤 감정이, 마치 원인을 알 수 없는 오류로 시스템에 머물러 있다가 뒤늦게 전송된 메시지처럼 시끄럽게 알람을 울려댔다.

나는 처음으로 내가 그 그림자 속에 너무 오래 서 있었다는 것을 깨달았다. 다리가 아팠고 후들거렸고 그래서 이제는 더 이상 서 있을 수가 없었다. 그림자를 벗어나고 싶은데, 어떻게 해야 할지 모르겠다는 생각만 들었다. 그림자에 대해 생각하면 할수록 내 안에서 알 수 없는 뭔가가 소용돌이치면서 끔찍하게 두려운 어떤 형상을 만들어냈다. 나는 직감했다. 내겐 그걸 마주할 용기가 없다는 걸. 심장이 불규칙하게 요동치고 목 뒤로 식은땀이 흘렀다. 책을 붙잡고 있는 두 손이 눈에 띄게 흔들렸다.

결국 나는 책을 던져버렸다.

눈앞이 흐릿해서 기억과 현실이 뒤섞이는 느낌이었다. 두 손으로 얼굴을 감싸 쥐었다. 손가락 사이로 낮은 신음이 흘러나왔다. 누군가 다가와 내 등을 매만지고는 천천히 두드렸다. 아내인 것 같았다. 그리고 다른 세계에서 흘러드는 것 같은 목소리가 들렸다.

"태어났을 때, 우리는 이 거대한 바보들의 무대에 오른 게 슬퍼 울었지."

여인의 목소리였다.

"『리어왕』 4막 6장."

한동안 침묵이 흘렀다. 나는 조금 울었는데, 눈물은 숨을 쉴 때마다 조금씩 흐르고 말라서 손끝과 공기 속으로 사라져버렸다. 아내가 기침을 했다.

"아버지."

손을 내리며 내가 말했다.

"아버지의 책은 어디 있습니까?"

46

"우리도 그걸 찾고 있어요."

여인은 돌아서서 책장 속 책들을 천천히 손끝으로 만지며 걸었다.

"처음엔 여기 있는 줄 알았죠. 우리가 가진 모든 책을 모아놓은 곳이니까. 그런데 없었어요. 아무리 찾아봐도. 지금으로선 의견이 분분해요. 처음부터 그런 책은 없었다는 사람도 있고, 이미 정부가 가져갔다는 사람도 있고, 민윤식 씨 스스로 태우거나 없애버렸다는 사람도 있고…… 사실 '만들었다'는 게 정확히 어떤 의미인지도 잘 모르겠어요. 책의 모양만 만들고 내용은 다른 책과 똑같다는 건지, 아니면 여러 책의 내용을 편집한 건지, 그것도 아니면 본인이 직접 쓴 건지."

여인이 걸음을 멈췄다.

"하지만 뒤집어 생각해보면 더 중요한 건 정부가 그걸 찾는 이유일지도 몰라요. 왜 그 책이 필요할까. 뭐가 중요할까. 그저 종이책 한 권일 뿐인데. 그렇지 않아요?"

그 말이 맞았다. 처음부터 이상했다. 이미 오래전에 죽어버린 사람이 뭘 남겼든 그게 무슨 쓸모란 말인가. 게다가 있다 해도 겨우 한 권일 뿐이다. 정부에서는 수천 수만 권의 책을 모두 불살랐다. 한두 권쯤 빠질 수도 있었겠지만 대세에 지장을 줄 정도는 아니다. 그렇다면 왜일까. 아버지가 중요한 인물이라도 되는 걸까? 아니면 그 책에 내가 모르는 의미가 있을까? 단 한 권의 종이책도 용납할 수 없는 이 정부의 결벽증에? 아니면 그저 대서수사과의 실적을 올리기 위해서?

"이유가 필요해 보이는군요."

내가 말했다. 여인은 고개를 끄덕였다.

"반대로 접근해보는 건 어때요?"

아내였다.

"이유는 모르지만 정부가 그토록 찾는 거라면, 그리고 아마 우리 중 누군가가 그걸 가지고 있다고 생각하는 거라면……하나 만들어주면 되잖아요."

"만든다고?"

나는 고개를 돌려 서 있는 아내를 바라봤다.

"응. 이게 아버님이 남긴 책이라고 말하는 거야. 정부에선 뭐가 맞는지 알게 뭐야? 그렇게 넘겨버리고 진짜를 천천히 찾는 거지."

여인이 손뼉을 쳤다.

"좋은 생각인데? 윤식 씨가 남긴 책을 전략적으로 이용하기. 잘만 활용하면 상황을 우리한테 유리하게 만들 수 있을지도 몰라. 책이 이렇게 많은데 뭐가 걱정이야. 생각해봐요. 아버지라면 어떤 책을 남겼을 것 같아요?"

솔직히 나는 아무것도 떠오르지 않았다. 아내가 말했다.

"『유토피아』 어때요? 전쟁을 일으킨 책. 정부 입장에서는 가장 싫어할 만한 책 아니겠어요?"

"꼭 그렇지도 않아. 『유토피아』는 이미 정부에서 특별 지정한 위험 물질로 분류됐기 때문에 통합세기가 시작하기도 전에 싸그리 사라졌어. 소각 정도가 아니라 거의 완벽한 파괴였다고 하던데. 바이러스를 제거하는 게 목적이었기 때문에 아마그건 진짜였을 거야."

나는 아까의 기억 속 장면으로 돌아가보려고 애썼다. 낯선 사내들이 서재로 찾아왔던 오후. 나는 앞으로 일어날 일에 대해서는 까맣게 모른 채 그저 아버지의 서재에 들어간다는 사실만으로 흥분했었다. 각진 사내의 발길질과 함께 문이 열렸고 들어가서 책을 하나 꺼내 들었다. 표지는 아주 딱딱한 재질이었는데, 손끝에 닿는 종이의 감촉은 부드럽고 따뜻했다. 몇 페이지 넘겼을 때 누군가 강한 힘으로 책을 빼앗아 가더니 책을 덮어 바닥에 던졌다. 그 책의 제목을 그때 똑똑히 봤다.

"『국가론』."

내가 말했다.

"『국가론』으로 하면 어떨까요."

"플라톤이라. 왜 그 책이죠? 무슨 내용인지 알아요?"

"이유는 모르겠어요. 그냥 그 책이 떠올랐습니다."

아버지가 잡혀갔을 때 서재에서 내가 집어 든 책이라서. 뒷문장은 말하지 않았다.

"꽤 어울리는 책이네요. 나중에 토마스 모어의 『유토피아』에 영향을 주기도 했고. 따지고 보면 지금 정부가 열광하거나 증오할 책이기도 하고. 일종의 동족 혐오랄까. 그래요, 그걸 찾아보죠."

여인이 말했다.

우리는 곧 흩어져 책을 찾기 시작했다. 여인이 맨 왼쪽 책장을, 내가 가운데를, 아내가 오른쪽을 맡았다. 금방 나올 줄 알았는데 생각보다 시간이 좀 걸렸다. 맡은 책장을 거의 다 뒤졌는데도 책이 나오지 않자 초조한 마음이 들었다. 다른 책을 골라야 하나 고민하기 시작할 무렵 오른쪽 구석에 앉아 있던 아내가 소리를 질렀다.

"여기 있어요!"

그때 품속에서 UDC가 울리기 시작했다.

47

필이었다. 지난번에는 분명 작동 불능 상태였는데. 길게 생각할 시간이 없었다. 여인과 아내가 나를 바라보고 있었다. 나는 홀로그램 통화를 거절하고 대신 3D 사진을 띄웠다. 통화를 수락하자 필의 목소리가 들려왔다. 그의 목소리가 지나치게 크게 느껴져서 신경이 쓰였다.

"홀로그램이 안 뜨네. 왜, 통화 곤란해? 지금 어디야?"

"응, 어디 좀 들어와 있어."

"어딘데?"

"무슨 일인데?"

"아까 네가 알려준 주소 말이야."

나는 몸을 돌려 구석으로 걸어가면서 통화음을 줄였다. 여인과 아내가 필의 말을 들었을까. 필이 말을 이었다.

"거긴 뭐 별거 없더라. 근데 좀 이상한 일이 있어서."

"뭔데?"

"거기서 어머니를 봤어."

"어머니?"

"응, 너희 어머니."

"그래? 이상한 일이네."

"이상한 일이지. 왜 거기 계셨을까?"

"나도 모르겠는데. 정말 우리 어머니가 맞아?"

"맞아, 이진아 여사. 그래서 말인데……."

필이 잠깐 누군가와 이야기를 하는 듯 소리가 멀어졌다가 다시 가까워졌다.

"지금 널 좀 보고 싶은데."

"나중에 보지 뭐."

"아니, 지금 봐야 해. 아직 근처지?"

필은 전화를 끊으며 지도를 한 장 전송했다. F구역 404섹터 541번지에서 붉은 점이 반짝였다. 여인이 다가와 지도를 보더니 말했다.

"나가려고요?"

"안 나가면 더 수상하게 생각할 것 같은데요."

필이 어머니를 언급한 게 마음에 걸렸다. 나는 가방을 챙겨 들며 아내에게 손을 내밀었다.

"책은 이리 줘."

"괜찮은 거야? 나중에 문제 되면 어쩌려고."

아내는 책을 든 채 머뭇거렸다.

"괜찮아. 차라리 잡혀가지 뭐. 더 나빠질 게 있겠어?"

반쯤은 농담이었는데 아내는 웃지 않았다. 나는 아내의 손에서 책을 억지로 빼다시피 해서 가져왔다.

"만약에 잘못되면."

여인이 말했다.

"마지막 계획이 있어요. 플랜 엑스. 아까 갈로 씨가 잠깐 말했는데, 말 그대로 최후의 방법이에요. 우리 중 마지막 사람이 잡혀가게 되거나 모임의 존재가 절체절명의 위기에 처했을 때 사용하게 되어 있는 계획. 쉽게 말하면 자폭이죠. 갈로 씨는 오래전부터 이걸 사용해야 한다고 주장해왔지만 우리가 막아왔어요. 그래서 불만이 많죠. 그이는 일부러 잡혀가서라도 이걸 실행에 옮겨야 한다고 생각하는 사람이니까요."

여인은 가방에서 얇은 직사각형 물건을 꺼냈다. 어린이들이 사용하는 작은 자처럼 생긴 검은 물체는 가로가 좁고 세로가 길었다. 끝에는 실을 꼬아 만든 빨간 줄이 달려 있었다.

"종이책을 사용하던 시대의 사람들이 책갈피라고 부르는 거예요. 책 사이에 끼워서 어디까지 읽었는지를 표시하는 거죠. 일종의 마커처럼. 실제로는 갈로 씨가 제조한 폭탄이에요. 다치지 않기를 바라지만, 위급한 일이 있으면 사용해요. 무기가 될 수도 있으니까. 여기, 이 줄을 잡고 당기면 작동을 시작합니다. 폭발까지는 딱 3초 걸려요."

여인은 잡아당기는 시늉을 하더니 손가락 세 개를 폈다. 나는 물건을 받아 앞뒤로 살펴본 다음『국가론』사이에 끼워 가방에 넣었다. 안에 들어 있던 리버레이터는 꺼내서 바지 뒷주머니에 넣었다.

"541번지는 저쪽으로 나가는 게 더 가까워요."

여인은 불꽃이 타오르던 방 쪽을 가리켰다.

"같이 가."

아내가 옷을 챙기며 말했다.

"나오지 마."

나는 빠르게 걸어 아내를 지나치다가, 나도 모르게 이렇게
말해버렸다.

"곧 돌아올게."

IV

단 한 권의 책

통합세기 33년 9월 24일
토요일

48

불 꺼진 대리석 기둥을 지나 철문을 열고 밖으로 나갔다. 자정을 넘긴 시각이어서인지 거리는 웅웅거리는 바람 소리만 들릴 뿐 고요했다. 지도를 보며 앞으로 걷다가 희미하게 느껴지는 인기척에 멈춰 섰다. 검은 옷을 입은 누군가가 오른쪽 벽에서 걸어 나왔다.

"여기 있었구나."

조명 아래까지 오자 얼굴이 드러났다. 필이었다.

"541번지에서 만나자는 줄 알았는데."

나는 최대한 담담하게 말했다. 필은 소리 나지 않게 웃으면

서 내 쪽으로 다가왔다. 그의 뒤 멀리로 불빛이 깜빡였다. 윤곽
이 흐릿해서 잘 보이지는 않았지만 몇 대의 비히클인 것 같았
다. 그제야 귀에 들리던 바람 소리가 실은 멀리 착륙해 있던 비
히클의 엔진 소리였다는 걸 깨달았다. 비히클의 붉은 불빛들
사이로 걸어오는 필의 모습은 너무 비현실적이어서 두려웠다.
그는 다섯 걸음쯤 앞에서 멈춰 섰다.

"밤길이라 마중 나왔지. 걸어오긴 너무 머니까. 빨리 만나면
좋잖아?"

"우리가 왜 만나야 하는데? 어머니는 어딨어?"

"그건 차차 이야기하고. 나도 궁금한 게 있는데."

필은 손가락으로 내 뒤쪽을 가리키며 말했다.

"저 안엔 뭐가 있어?"

"아무것도 없어."

"아무것도 없다고? 정말?"

"그래."

나는 필의 눈동자를 바라보았다. 검은 그의 얼굴은 어둠과
뚜렷이 구분되지 않아 마치 어둠의 일부인 것처럼 보였다. 필
이 뭔가를 말하려는 찰나, 뒤쪽에서 철문 열리는 소리가 났다.

"그럼 다른 사람한테 물어봐야겠구나."

어둠 속에서 필의 입꼬리가 올라갔다. 나는 눈을 질끈 감았

다. 속에서 뭔가가 끓어올라 요동쳤다. 아내는 대체 무슨 생각으로 따라 나온 걸까. 왜 말을 듣지 않고 스스로를, 아니 우리 모두를 위험에 빠뜨리는 걸까. 당장이라도 돌아서서 들어가라고 소리치고 싶었지만, 눈을 떠보니 필은 벌써 손을 흔들고 있었다.

"반가워요, 미아 씨. 오랜만이에요."

아내는 상황을 파악했는지 굳은 표정으로 필에게 목례를 하고 내 옆에 섰다. 나는 눈을 마주치지 않은 채 아내의 손을 꽉 잡았다. 필이 다시 말했다.

"잘 생각해봐. 네가 저 안에서 보고 듣고 만난 사람이 있잖아. 그게 뭐야?"

"아무것도 없다고 했을 텐데."

"친구야, 이렇게 나오면 곤란해."

필은 어깨를 으쓱해 보였다.

"어디까지나 난 널 도와주려고 하는 거야. 전에 타워에서 만났을 때부터. 근데 넌 솔직하지가 않네. 내가 정말 속을 거라고 생각하는 거야?"

필이 한 걸음씩 다가왔다. 나는 아내 손을 잡고 뒤로 물러서면서 오른손을 뒷주머니에 넣어 리버레이터를 쥐었다. 이제 그는 세 걸음쯤 앞에 있었다.

"우릴 그냥 보내줘."

"이게 마지막 기회야. 한 번만 더 물어볼게. 어려운 거 아니잖아? 네가 안에서 본 게 뭔지만 말하면……."

나는 필의 말이 끝나기 전에 리버레이터를 뽑아 겨눴다. 필은 두 손을 들더니 고개를 끄덕이며 한두 번 뒷걸음질 쳤다. 이상하게도 그의 모든 행동이 나를 놀리는 것처럼 느껴졌다.

"진정하라고. 진정해."

필이 말했다. 무작정 총을 꺼내 들기는 했지만 사실 뾰족한 계획이 있는 건 아니었다. 양옆으로 건물들이 늘어선 좁은 길에서 퇴로는 앞 아니면 뒤였다. 앞에는 필과 비히클이 있고, 뒤돌아 가면 종이책과 아내의 어머니가 있다. 몇 초 동안 나는 망설였다. 그사이 들고 있는 리버레이터에 초록색 점이 찍히더니, 곧 섬광과 함께 리버레이터가 공중으로 날아갔다. 불을 맞은 것처럼 손이 얼얼하고 뜨거웠다. 아내가 비명을 질렀다.

"하지 마!"

타들어가는 것 같은 손을 붙잡고 고통스러워하고 있는데, 필이 뒤를 돌아보면서 소리쳤다. 필과 저 멀리 비히클 사이의 벽에서 검은 그림자들이 줄줄이 모습을 드러냈다. 그들 중 하나는 앞으로 걸어 나왔는데, 나는 금세 그녀를 알아보았다.

"그러길래 진작 얘길 하시지."

위은이 말했다.

"괜찮아?"

필이 다가와 부축하려 했지만 나는 그를 세게 밀쳐냈다. 고통보다 분노가 더 컸다.

"내가 분명히 말했지. 함부로 쏘지 말라고."

필은 위은을 노려보며 말했다. 위은은 똑같은 시선을 돌려주면서도 대답은 하지 않았다. 그들은 잠시 그 상태로 서 있다가, 필이 응급처치 해줘, 라고 말한 뒤 먼저 몸을 돌려 비히클 쪽으로 걸어간 뒤에야 떨어졌다. 위은은 검은 그림자들을 손짓으로 불러 셋은 우리를 체포하게 하고 셋은 철문 안으로 진입하게 했다. 레이저 도끼로 철문을 뜯어내는 그들을 보며 아내가 괴성을 질렀다.

49

그들이 타고 온 비히클 네 대 뒤에는 중형급 운송용 호버크래프트가 세워져 있었다. 떠다니는 걸 종종 보기는 했지만 실제로 탑승하는 건 처음이었다. 들어가자마자 아내와 나는 서로 마주 볼 수 없도록 등을 대고 있는 가운데 좌석에 따로따로

앉혀졌다. 결박 장치에 고정된 손에서 통증이 계속됐다. 아프기도 했지만 환부를 정확히 볼 수 없어 답답했다. 이륙하기 전 위은이 다가와 손 상태를 보더니 피부 재생 연고 같은 것을 바르고 나서 시원한 느낌이 드는 패치를 붙여주었다.

"나중에 병원에 가봐야 할 거예요. 잘못하면 손가락끼리 붙어버릴 수도 있으니까."

내내 무표정하던 위은은 눈썹을 약간 찡그리면서 말했다.

"물론 당장은 힘들겠지만."

그녀가 크래프트 밖으로 사라지자 문이 닫히고 조명이 꺼졌다. 기체는 이륙한 뒤 반대쪽으로 방향을 틀어 항로를 잡았다. 포위하듯 아내와 나를 마주 보고 앉아 있는 네 사람 너머로 희미하게 보이는 조종석에만 불빛이 들어와 있었다. 밖에서 새어 들어오는 얇은 빛 속에서 우리는 그림자처럼 흔들렸다.

"어디로 가는 거예요?"

아내 목소리가 들렸다. 아무도 대답하지 않아 정적이 흘렀다.

"대체 어디로 가는 거냐구요. 아니, 사람이 말을 하면······."

퍽, 소리와 함께 아내 목소리가 비명으로 바뀌었다. 누군가 아내를 가격한 모양이었다. 통증이 컸는지 미아는 한참을 신음했다. 속에서는 분노가 치미는데, 반대로 몸은 차갑게 굳어버렸다. 움직이기는커녕 입을 열 수조차 없었다. 이 부조화를 어떻게 해결해야 할지 몰라 머리가 혼란스러웠다. 나는 숨을 몰아쉬며 정면과 오른쪽 사이에 조그맣게 나 있는 창으로 조각난 바깥만을 응시했다. 땅을 수놓고 있는 수많은 불빛들. 비행 물체는 도시를 향해 가고 있었다.

—1분 후 정기 인공강우가 시작됩니다. 강우 유형은……

누군가 안내 방송을 꺼버렸다. 그러자 비로소 진짜 침묵이 흘렀다.

50

착륙장에는 필과 위은이 기다리고 있었다. 빌딩 상층부에 움푹 들어간 것처럼 만들어진 곳이었는데, 내리자마자 나는 그곳이 타워 원이라는 걸 알았다. 지상이 이토록 멀게 보일 만한 곳은 이 도시에서 타워 원이 유일하니까. 밖에서는 예고대로 비가 내리고 있었지만, 완전한 야외도 실내도 아닌 착륙장에는 습기를 잔뜩 머금은 바람만 불어왔다. 호버크래프트의 엔진이 꺼지자 이따금씩 들리는 바람 소리 말고는 사위가 고요했다.

"괜찮아?"

필이 또 물었지만 나는 대답하지 않았다. 그는 처음부터 대답을 기대하지 않았다는 듯 패치가 붙은 내 손을 유심히 바라보더니 따라오라는 손짓을 했다. 그와 위은이 앞장섰고 나와 아내가 뒤를 따랐다. 크래프트에 같이 타고 온 검은 옷 사내들이 호위하듯 행렬을 감쌌다.

빌딩 안으로 들어가자 정면에 투명한 튜브가 하나 보였다. 전에 아래에서 봤던 일곱 개의 튜브보다 조금 더 크고 넓었다. 필은 튜브 앞으로 걸어가 스크린에 얼굴을 비췄다. 그가 몇 층인가를 누르자 거의 동시에 아래쪽에서 엘리베이터가 도착했다. 검은 옷들이 먼저 들어가 직사각형의 네 귀퉁이를 채웠고 그다음 필과 위은이 탑승했다. 아내와 내가 그들을 마주 보며 들어간 뒤 엘리베이터의 문이 닫히고 위로 올라가기 시작했다. 투명했던 사방이 검게 변하더니 머리 위에 홀로그램으로 300이라는 숫자가 표시되었다. 상승과 함께 빠르게 바뀌는 숫자를 바라보며 나는 전에 방문했던 곳이 299층이었다는 것을 떠올렸다.

"이제 좀 천천히 가는 게 좋을 거야."

숫자가 400을 돌파하려는 순간 필이 말했다. 그가 손짓으로 커맨드를 입력하자 올라가는 속도가 급격히 줄어들더니 어느 순간 갑자기 사방이 투명해졌다.

"보여?"

필은 우리를 향해 말하고는 위은과 눈을 마주치고 웃었다. 그제야 구조가 눈에 들어왔다. 엘리베이터가 지나는 튜브는 네모난 타워의 한가운데 있었고, 내부는 가운데가 천장까지 뻥 뚫려 있는 형태였다. 중간에는 투명한 통로들이 우리가 지나는 중앙을 중심으로 연결되어 있었는데, 각각의 통로는 마치 하늘에 떠 있는 다리처럼 보였다. 정사각형의 각 변을 이루는 벽에는 가득히 뭔가가 진열되어 있었다. 아내와 나는 자세히 살피지 않고도 그게 뭔지 똑똑히 알 수 있었다.

책.

그건 필과 함께 갔었던 299층의 '불타는 도서관'에서처럼 가짜 책들이 아니었다. 아버지의 서재나 조금 전까지 있었던 소돔의 책 창고처럼 겨우 방 하나를 가득 채운 책들도 아니었다. 엘리베이터는 천천히 상승을 계속했지만 책들이 꽂혀 있는 사각의 서가는 끝날 줄 모르고 이어졌다. 내가 가지고 있던 '많다'는 개념을 재정의해야 할 지경이었다.

자세히 보니 서가만 있는 게 아니었다. 층층이 배열된 서가 앞쪽에는 수많은 책상이 놓여 있고, 거기엔 자유롭게 책을 들고 펼쳐 읽는 사람들이 있었다. 책을 고르는 사람, 꺼내서 혼자 읽고 있는 사람, 책을 들고 하늘을 걷듯 중앙 통로로 이동하는 사람, 책을 가운데 두고 누군가와 이야기를 나누는 사람…….
도저히 허락될 수도, 상상할 수도 없는 장면이 눈앞에 펼쳐졌
다. 더 특이한 것은 대부분의 사람들이 청소년이거나 어린이
라는 사실이었다. 몇몇 노인들이 그들과 대화를 나누고 있는
것이 보였지만, 상대적으로 어른들의 수는 많지 않았다.

"이건 마치……."

아내의 말을 위은이 완성했다.

"도서관 같죠."

그때 숫자 홀로그램이 451에서 멈추더니 커다란 공용어 L
자로 변한 다음 사라졌다. 짧은 신호음과 함께 아까 탔던 것과
반대쪽 문이 열렸다.

"이쪽이에요."

위은이 말했다.

51

멍하니 서 있다가 검은 옷 하나가 뒤에서 어깨를 미는 바람
에 엘리베이터 밖으로 빠져나왔다. 더 위에 뭐가 있는지는 모
르지만 타워 원 최상층에 가까이 온 것만은 확실했다. 머리가

복잡했다. 내가 그토록 갈망했던 타워 안에 종이책이 가득 들어 있었다는 사실이 도무지 납득되지 않았다. 여인의 말이 떠올랐다. 그들은 아무것도 태우지 않았어. 분서는 그냥 쇼야. 그때 터무니없는 소리라고 생각했는데. 설사 그렇다 한들 기록이나 보관용으로 일부만을 보관하고 있을 거라고 생각했는데. 통합정부의 심장, 이 도시의 상징인 타워 원 꼭대기가 도서관이라고? 수십 층을 가득 채울 만큼의 종이책이 여기 정말 존재하고 있는 거라고? 통합세기 33년에 아직도 누가 책을 보고 만지고 고르고 꺼내 읽는다고? 하지만 나는 지금 분명히 봤다. 파릇한 소녀와 소년들이, 앳된 얼굴의 어린이들이, 책에 둘러싸여 종이를 만지고 해독하는 것을. 이걸 어떻게 이해해야 할까? 여기는 무엇을 위한 공간일까? 엘리베이터에서 마지막으로 변했던 알파벳 L을 떠올렸다. 라이브러리. 그리고 위은이 말했던 단어. 도서관.

앞서 걷던 필과 위은이 금색 문 앞에 멈춰 섰다. 검은 옷들은 양쪽으로 늘어서 길을 만들었다. 위은이 노크를 하더니 뭐라고 조그맣게 말했고, 잠시 후에 문이 열렸다. 우리는 그들을 따라 천천히 방 안으로 들어갔다. 모든 것이 신경질적으로 하얗게 칠해진 널찍한 방 안에 한 남자가 등을 보인 채 서 있었다. 한쪽 벽면이 투명한 유리로 되어 있어 밖이 내려다보이는 자리였다.

"데리고 왔습니다."

위은은 그와 한참 거리를 둔 채로 말하고는 명령을 기다리
는 로봇처럼 그 자리에 서 있었다.

"수고했네."

남자가 돌아섰다. 검은 제복을 입은 그는 부드럽게 말했다.

"날 기억하겠나?"

온화한 목소리. 각진 얼굴. 아주 가까운 거리는 아니었지만
나는 그의 얼굴을 어렴풋이 기억해낼 수 있었다. 아버지를 찾
아왔던 남자. 나에게 신원 코드를 보여주고, 굳게 닫혔던 서재
문을 열고, 내 손에 들려 있던 『국가론』을 빼앗아간 남자. 어린
나에게 어둠처럼 두렵고 책장처럼 높던 남자가 지금 내 앞에
서 그때처럼 희미하게 미소 짓고 있었다.

"아뇨."

나는 최대한 감정을 담지 않으려고 노력하며 답했다. 자세
히 볼수록 그의 얼굴은 어딘가 어색했다.

"기억나지 않는데요."

각진 사내는 조금 실망한 듯한 표정으로 말했다.

"그래, 너무 오래전 일이지. 잠깐 스쳐 지나간 정도니까."

나는 비로소 그의 얼굴이 왜 이상하게 보였는지를 깨달았

다. 내 기억이 불확실한 것도, 그가 너무 변해버렸기 때문도 아니었다. 그가 너무 똑같았기 때문이었다. 오래전 기억 속에 박제된 것과 완벽하게 똑같은 얼굴이었다. 20년이 흘렀다. 아버지처럼 죽어버린 게 아니라면, 20년 동안 한 인간의 얼굴이 변하지 않는다는 것이 가능한가?

"다른 사람들은 어디 있지?"

사내가 위은을 향해 말했다.

"대기실에 있습니다. 보여드릴까요?"

사내가 고개를 끄덕이자 위은이 방 한쪽에 홀로그램을 띄웠다. 몇몇이 탁자에 둘러앉아 있었다. 위은이 영상을 확대하자 얼굴이 뚜렷하게 보였다. 최 박사, 갈로, 그리고 어머니였다. 아무 일 없을 거라더니. 여인의 말이 떠올랐다. 나는 입술 안쪽을 깨물었다.

"김지은은?"

"아지트를 찾아 덮쳤지만, 체포하지 못했습니다."

"왜지?"

"이미 비상 탈출구로 빠져나가버려서……."

"요즘은 도망가면 보내주기도 하는 모양이지?"

"죄송합니다."

"그래, 뭐, 할 수 없지. 앞으로 할 일도 남겨놔야 할 테니까."

사내는 미아에게 시선을 주며 말했다.

"아마도 이 여자분이 김지은의 딸이겠군. 나는 이 친구와 할 얘기가 있으니 모셔다드려."

여인은 잡히지 않은 모양이었다. 나는 그녀의 이름이 김지은이라는 것을 그제야 알게 되었다. 검은 그림자들이 다가와 아내를 양쪽에서 붙들었다. 우리는 잠시 눈짓만을 나눴다. 아내는 입모양으로 아주 짧은 단어를 소리 없이 말했는데, 나는 제대로 알아듣지 못했다. 아, 두 번 입을 벌려 발음하는 단어. 그건 마치 가봐, 처럼 보였다.

아내와 위은, 그림자들이 사라지자 방에는 작은 테이블을 사이에 두고 각진 사내와 나 둘만 남았다. 그는 나에게 아무도 앉아보지 않은 것 같은 순백의 의자를 권했다.

"우리는 만난 적이 있네."

내가 앉자 그가 말했다.

"그게 벌써 20년 전 일이라니, 시간 참 빠르지. 자네 아버지를 찾으러 갔을 때 문을 열어주던 꼬마가 어느새 이렇게 크다니. 셰익스피어의 말처럼 시간이라는 건 느릿한 속도로 기어가는 것 같지만 결코 멈추지 않는 법이거든. 한번 올라타면 누구도 중간에 내릴 수 없는 물결 같지. 언젠가 이 물결은 바다로 되돌아가겠지만……."

"용건만 알고 싶습니다."

그의 말을 자르며 내가 말했다. 그러자 각진 사내는 잠시 나를 바라보다가 씩 웃더니 갑자기 성큼 다가와 내가 앉은 의자를 발로 차 넘어뜨렸다. 나는 뒤로 한 바퀴 굴러 바닥에 엎드린 채 쓰러졌다. 아까 다쳤던 오른손이 몹시 아팠다. 엄지와 검지 사이가 찢어지는 것 같은 느낌이 들어 보니 패치 아래로 피가 고여 있었다. 엎드린 채로 손을 부여잡고 있는데 반짝거리는 구두가 다가와 눈앞에서 멈췄다. 나는 그가 아버지의 서재 문을 발로 차 부쉈다는 사실을 새삼 기억해냈다.

"말을 끊는 건 무례한 일이야."

사내가 말했다.

52

그는 나를 일으켜 다시 자리에 앉혔다. 단단하고 억센 손이었다. 넘어졌다가 들려 올라왔을 뿐인데 숨이 가빴다. 그는 아무 일 없었다는 듯 평온했다. 평온을 연기하는 게 아니라 정말 그래 보였다.

"어디까지 말했더라……. 그래, 우리 모두는 시간이라는 물결에 올라탄 채 어디론가 흘러가고 있지. 종착지는 아마 바다가 될 거야. 우리가 맨 처음 태어났던 곳으로 돌아가는 거지. 탄생과 소멸이 공존하는 곳. 그런 의미에서 인간의 삶이란 어찌 보면 귀향이라고도 할 수 있어. 집으로 가는 거지."

사내는 여전히 선 채로 말했다.

"누구도 그 흐름을 거역할 수는 없네. 아무리 위대한 인간이라도 시간이라는 물결 속에서는 하나의 작은 물방울에 불과하니까. 자네 아버지 같은 사람들. 종이책을 지킨다는 명목으로 그 물결을 거슬렀던 사람들의 최후를 봐. 그들이 다 어떻게 됐나? 가족에게 버림받고, 감옥에서 비참하게 살다 죽고, 누구에게도 온전히 기억되지 못한 채 공기 중으로 사라져버렸지. 결국 아무것도 바꾸지 못한 채 말이야. 역사의 흐름을 읽지 못하면 그렇게 되는 거야. 흘러가는 물결에 제때 올라탄 사람만이 살아남아 세상을 바꿀 수 있다고."

사내의 말은 너무 공허해서 환청처럼 들렸다. 그가 말하는 방식은 과거 학교에서 만났던 선생들을 떠올리게 했다. 통합정부의 출현과 지금의 시스템을 정당화하는 말들. 살아남은 것만을 가리켜 강하다고 인정하는 손쉬운 기만. 나는 아버지의 편에 설 생각도 없었지만, 사내의 태도에도 구역질이 났다. 시간이 물결이라고? 시간은 감옥이다. 각자의 사형선고가 집행되기만을 기다리는 감옥. 아버지가 매일 아침 오늘은 오른쪽일까 왼쪽일까를 점쳐보던 감옥. 그러니 우리는 갇혀 있을 뿐 어디로도 흘러가지 않는다. 세계는 무의미한 파도의 연속일 뿐이다. 그 물결에 올라타 세상과 역사를 바꾼다는 건 자신의 목적을 이루려는 선동가와 망상가의 거짓 구호에 지나지 않는다. 나는 정신을 놓지 않으려고 애를 썼다. 오직 손끝의 고통만이 내가 지금 여기 살아 있다는 것을 알려주는 표지 같았다.

"그런데 말이야, 만약 시간이 물결이 아니라면 어떻게 될까? 누군가……."

사내는 내 마음을 읽고 있다는 듯 묘한 미소를 지으며 말했다. 나는 그의 목소리 톤이 미세하게 달라졌다고 느꼈다.

"그 물결 밖에 서 있을 수 있다면."

그는 나를 가운데 두고 천천히 원을 그리며 걷기 시작했다. 그러고는 맨 처음 서 있던 유리 벽면 쪽으로 가서 섰다.

"이리 와보게."

사내가 내 쪽을 돌아보며 말했다. 내가 머뭇거리자 그는 손짓을 하며 재촉했다. 나는 몸을 일으켜 그가 서 있는 곳까지 걸어갔다. 투명한 창 앞에 서자 아래로 까마득하게 저 밑까지 뚫려 있는 공간이 보였다. 몇 층인지는 가늠도 되지 않았다. 마치 탑 속의 탑에 올라와 있는 것 같은 느낌이었다. 방사형으로 뻗은 통로들은 규칙인지 불규칙인지 알 수 없는 법칙에 따라 아득한 아래까지 얼기설기 이어져 있었고, 바닥 한쪽에는 통합정부 마크가, 반대쪽에는 'L'이라는 글자가 새겨져 있었다. 꼭대기에서 바닥까지 사각의 면을 가득 채우고 있는 책들은 픽셀처럼 각각의 색으로 빛났지만, 그것들이 모여 이루는 전체는 어떤 형상을 이면에 잘 감추고 있는 버퍼링 중간의 이미지처럼 보였다. 당장이라도 책들이 움직여 선명한 무언가로 변할 것만 같았다.

"왜 도서관입니까."

나는 창에서 눈을 떼지 못한 채 말했다. 아까부터 참아왔던 감정과 납득할 수 없는 논리가 내면에서 화학작용을 일으키고 있었다.

"이럴 거면 처음부터 종이책을 금지한 이유가 뭡니까? 분서니 뭐니 해서 공포 분위기를 조성한 다음 종이책을 독점하기 위해섭니까? 책을 그저 특권층의 전유물로 만들기 위해서? 겨우 몇십 권, 몇백 권 가진 사람들까지 죄다 잡아들여야 할 만큼? 단지 그것 때문이에요?"

고개를 돌려 사내를 바라보았다. 막상 충동적으로 퍼붓고 나니 그가 어떤 반응을 보일지 몰라 몸이 긴장했다. 호흡을 멈추고 배에 힘을 줬다. 이번에는 나 대신 찰 의자가 없다.

"우리의 미래에 필요한 것은 책이 아니라 인격이다. 옛 지성은 재로 사라지고 그 잔해 속에서 새 인격이 탄생할 것이다……."

뜻밖의 차분한 목소리였다. 사내는 창밖을 응시한 채 말을 이었다.

"기억할지 모르겠지만, 그게 우리 정부의 표어였네. 아주 오래전 비극적인 전쟁을 일으킨 나라의 구호였지. 단지 그 이유 때문에 자네 아버지 같은 사람들은 이 모든 게 정부의 음모라고 믿었어. 책을 금지하는 것이 자유를 억압하고 생각을 제한한다는 이유로 말일세. 반대 세력들은 정부가 하는 일이라면 늘 색안경을 끼고 보지. 심지어 그들 중 일부는 아직도 비블리온 바이러스가 통합정부의 전신인 세계 연합에서 퍼져 나왔다고 굳게 믿고 있어. 종이책을 금지하기 위해 정부가 일부러 핑곗거리를 만든 거라고. 하지만 그게 말이 되나? 너무 단순한 생각이라 한심할 정도야. 상상력을 좀 더 발휘해야 해. 마르크스가 이미 말하지 않았나. 역사는 반복된다고. 한 번은 비극으로, 한 번은 희극으로. 이제 우리는 희극 쪽에 서 있는 거야. 저길 보게."

사내는 손가락으로 한참 아래쪽을 가리켰다. 잘 보이지 않아 고개를 가까이 대자, 그는 유리창 위로 손가락을 움직여서 확대된 장면을 보여주었다. 책을 읽는 어린아이들이 보였다. 도시 가득한 어른들의 복장과 다르게 원색의 옷을 입은 아이들. 미성숙한 인간만이 뿜어낼 수 있는 에너지를 가진 소녀와 소년들. 그들은 자유롭고 자연스럽게 종이를 만지고 책을 보며 놀고 있었다. 보고 있지만 여전히 믿기지 않는 광경이었다.

"우리 정부가 출범할 즈음 인류는 엄청난 과학적 도약을 이뤄냈네. 소위 말하는 특이점에 도달했달까. 종이책 때문에 일어난 전쟁 중에도 그 성과는 계속됐지. 혼란과 갈등이 잦아들고 통합세기가 시작할 때, 정부에서는 이를 통해 새로운 세계를 건설할 원대한 계획을 세웠어. 여기가 그 프로젝트의 핵심이네."

"이 도서관이 말입니까?"

"여기가? 아니야."

사내가 내 쪽으로 돌아서며 말했다.

"여긴 실험실이네."

53

"실험실이라고요?"

나는 되물었다.

"그래, 실험실. 라이브러리가 아니라 래버러토리."

사내는 바닥에 새겨진 공용어 알파벳 L을 확대해서 보여주었다. 엘리베이터에서 봤던 L이 겹쳤다. 도서관의 L인 줄만 알았는데, 그게 아니라고? 하지만 말이 안 된다. 이렇게 책을 쌓아놓고 도서관이 아니라고 말하는 건. 실험실이라면, 도대체 무엇을 위한 실험이란 말인가.

"물결 밖의 초인. 그게 이 프로젝트의 별칭이네. 시간이라는 물결 밖에 서 있는 인간을 만들어내는 게 목표지."

"그게 책과 무슨 상관입니까?"

"무슨 상관이냐고?"

사내는 소리 내어 웃었다. 그 웃음은 나를 경멸하는 것처럼 들렸다.

"인간이란 결국 한 권의 책이야. 이게 은유로 들리나? 진부한 메타포 같아? 그렇지 않아. 자네도 학교에서 배웠을 것 아닌가. 인간을 이루고 있는 DNA는 A, T, G, C 네 개의 알파벳으로 쓰인 32억 쌍의 서열이야. 오직 네 글자로만 쓰인 책이지. 그동안 우리는 이 책이 이미 출간돼서 어떠한 퇴고나 수정도 불가능한 줄 알고 살았어. 오타가 있으면 있는 대로, 찢어진 페이지가 있으면 찢긴 대로. 그게 병이고 노화고 죽음이었지. 그런데 과학기술이 발전하다 보니까 그게 아니란 걸 알게 된 거야. 유전자 가위라는 게 등장하면서부터 편집이 가능해졌거든. 자르고 고치고 붙이는 거 말이야. 처음에는 비용도 많이 들고 과정도 복잡했지만, 세대를 거듭하면서 비용은 낮아지고 기술은 정교해졌지. 특히나 전쟁 직전에 개발된 7세대 가위는 놀라운 수준이었어. 인간이라는 네 글자 책에 대한 아주 섬세한 워드프로세싱이 가능해진 거나 다름없다고."

사내는 벽을 둘러싼 서가를 가리키더니 그중 한 부분을 확대했다. 책등에 적힌 제목과 저자 이름이 순식간에 또렷해졌다. 어니스트 헤밍웨이, 『누구를 위하여 종은 울리나』.

"최종본인 줄 알았던 우리 자신이 실은 초고나 다름없다는 걸 깨달았다……. 그러면 그다음은 뭐겠나? 고쳐야지. 죽어라 수정해야지. 헤밍웨이의 말처럼 모든 초고는 쓰레기니까."

나는 사내의 말을 이해하려고 애썼다. 그래, 인간을 다시 쓸 수 있다고 치자. 하지만 그것과 눈앞의 광경은 어떤 관계를 맺고 있나? 아이들과 종이책은? 비블리온에 대한 추적과 탄압은?

"그래서 이 아이들을 붙잡아둔 겁니까? 저들의 DNA를 다시 쓰기 위해서?"

사내가 다시 웃었다. 내 기분은 아까보다 더 나빠졌다.

"유전자 가위 기술은 완성된 지 오래네. 통합정부가 출범할 무렵 우리 정부는 이미 미래에 대한 청사진을 가지고 있었다고 말하지 않았나. 그 바탕에는 이 기술이 있는 거야. 우리는 죽음을 정복했어! 노화를 막을 수도 있네. 자신이 원하는 만큼 살 수도 있고, 원치 않으면 죽지 않을 수도 있지. 놀랍지 않나? 이거야말로 복음이지. 인간이 시간이라는 이 지긋지긋한 물결 밖으로 성큼성큼 걸어 나온 거란 말일세."

사내는 손을 마주쳐 소리를 냈다. 그는 정말로 자랑스러워하는 것처럼 보였다. 그걸 보다가 그에게도 그 말을 적용할 수 있다는 걸 깨달았다. 20년 동안 변하지 않은 얼굴. 노화가 진행되지 않는 인간.

"다만 한 가지 문제가 생겼지. 아무도 예상하지 못했던 문제."

그의 목소리가 조금 낮아졌다. 어쩐지 사내의 모습은 점점 홀로그램 속 아버지와 비슷하게 느껴졌다.

"우리가 해낸 건 시간을 벗어난 게 아니라 시간을 견디는 거였어. 물결 밖으로 나온 게 아니라 물결을 견디며 서 있는 법을 배운 거지. 아무리 오래 살아도 시간 그 자체를 벗어날 수는 없었네. 마지막 임상 실험에 참가했던 100세 이상의 노인들은 결국 150세를 넘기지 못하고 대부분 자살해버렸어. 권태를 견디지 못한 거지."

"그렇다면 저 책들은……."

"그런 의미에서 30년 전 정부가 내세운 구호는 미래적이야. 우리의 미래에 필요한 것은 책이 아니라 인격이다. 옛 지성은 재로 사라지고 그 잔해 속에서 새 인격이 탄생할 것이다. 말 그대로 기술이 아니라 새 인격이 필요했지. 정부는 전문가들을 모아 DNA 편집의 부작용에 관한 총체적인 보고서를 작성했고, 그들은 최종 해결책으로 종이책을 제시했네."

"왜 책이죠?"

"책만이 내면을 만들어주니까. 그건 일종의 근육 같은 거야." 사내는 말했다.

"내면이 없는 자는 시간을 견딜 수 없어."

54

나는 한동안 유리창만을 바라보았다. 시간, 유전자, 내면, 영생…… 살면서 한 번도 깊이 생각해보지 않았던 단어들이 머릿속을 맴돌았다. 사내가 말하는 세계는 내가 알고 있는 것과 너무 달라 낯설었다. 아무 의미도 없이 그저 하루하루를 살아가는, 그래서 어쩌면 이 삶이 빨리 끝나버리기만을 기다리는 나 같은 사람들이야말로 이 사회의 대다수가 아닌가? 정부가,

아니 이 사람이 나에게 원하는 것은 뭔가?

"그렇다고 해서 모든 사람들에게 책을 빼앗아갈 필요가 있었습니까?"

"평등을 강조했던 사회들이 망해가는 걸 배운 적 없나? 역시 역사 교육이 문제로군. 이봐, 모든 건 돈의 문제야. 계급의 문제이기도 하지. 과학이 일궈낸 성과가 모두에게 공평하게 돌아갈 수는 없어. 이 지구라는 좁디좁은 호버크래프트에 100억 명씩이나 바글대면서 살아갈 이유는 어디에도 없단 얘기야. 인간의 노동력이 의미 없어진 건 이미 오래된 얘기 아닌가. 트라이톤 같은 로봇 회사 몇 개만 있으면 충분하지. 당장 자네가 하는 일을 생각해봐. 매일 일어난 일을 기계적으로 기록하는 작업에 무슨 의미가 있나. 거기엔 일자리를 제공하는 것, 시간을 소비하는 것, 생명을 유지하는 것 이상의 어떤 의미도 없네. 우리 정부는 자네 같은 잉여 인간들을 쉽게 말살해버릴 수 있었음에도 불구하고 그러지 않았어. 무척이나 인도적인 차원에서. 이미 탑승한 승객을 쫓아내지는 않겠다는 거야. 다만 우리의 머나먼 목적지까지 같이 가서도 안 된다는 거지. 내면은 공평하게 주어질 수 없으니까."

"책을 읽는다고 내면이 생깁니까? 내면이 뭔데요? 그게 과학입니까?"

"자네처럼 책이 뭔지도 모르는 사람이 그렇게 말하니 우습군. 먹어보지도 않은 음식의 맛을 논하는 꼴이랄까. 실제로 그렇기도 하지. 우린 가상의 동물들을 만들어 소비해버리는 시대에 살고 있으니까. 뭘 먹고 있는지도 모르면서 배만 채우는 거지. 과학은 우리에게 단백질 제공원과 새로운 시간을 선물했네. 그래서 누구도 굶어 죽지 않고, 일부는 영원히 살 수 있는 시대가 왔지. 그런데 과학만으로는 충분치가 않았어. 시간이 생겨도 그걸 견뎌내지 못하니까. 자네처럼 내면이 없는 사람들, 의미라는 게 뭔지 모르는 사람들은 시간 앞에 무력하지. 텅 빈 자네 아버지의 서재처럼. 말하자면 내면이란 그 빈 책장에 책을 하나하나 꽂아 넣는 작업과 비슷해. 시간과 노력, 무엇보다 인내심이 필요하지. 여기 있는 아이들은 그걸 경험하고 있네. 내 세대에서 선택받은 인간들은 단지 노화를 견디고 수명을 연장하는 데 그치겠지만, 이들은 정말로 영원한 생명을 누릴지도 몰라."

"아이들 옆에 있는 노인들은요. 그들은 누굽니까?"

"일종의 가이드들이지. 정보 제공자라고 부르기도 한다네. 아이에게 책의 내용과 형식, 해석 방법, 허구적 경험에 대한 지침을 알려주는 사람들. 다 자네 같은 공무원이야."

나는 필이 자신의 아버지를 가리켜 그런 비슷한 이름으로 불렀던 것을 떠올렸다. 우리 아빠 정부에서 일해. 완전 충성하면서.

"종이책을 가지고 있던 사람들입니까?"

내가 묻자 사내는 생각났다는 듯 타워 저 아래쪽 어느 부분을 확대해 보여주었다. 어딘지 낯익은 이목구비를 가진 노인이 책을 앞에 두고 손녀뻘 되는 여자아이에게 뭔가를 설명하고 있었다. 필의 아버지였다.

"자네 친구 아버지도 여기 있지. 성과가 꽤 좋은 인물이야."

그 광경을 보니 갑자기 서글픈 기분이 들었다. 조금 화가 나기도 했다. 결국 이들은 내 아버지에게도 똑같은 짓을 하려고 했을 거라는 데 생각이 미쳤다.

"비블리온 사람들도 그래서 잡아들이려고 하는 겁니까? 저 사람처럼 여기서 아이들 실험하는 데 동원하려고?"

사내는 어이가 없다는 듯 답했다.

"무슨 소리야. 저 사람은 자기 아들이 신고해서 잡혀 왔어."

"아들이요?"

"그래, 아들. 이번에 자네를 붙잡아 온 친구 말이야."

나는 어린 필의 얼굴이 떠올라 잠시 멍해졌다.

"내 아버지는요. 아버지는 협조하지 않아서 죽인 겁니까?"

목소리가 저절로 격앙됐다. 사내는 여전히 차분한 톤으로 답했다.

"누가 누굴 죽여. 제대로 아는 게 하나도 없군. 감옥에 있을 때 우리한테 비협조적으로 굴어서 미운털이 박힌 건 맞지만, 확실히 할 건 확실히 해야지. 자네 아버지는 스스로 죽음을 택했네. 누구도 떠밀지 않았어."

"그 말을 어떻게 믿죠?"

"왜냐하면 우리도 그가 죽지 않기를 바랐으니까. 살았다면 자네 아버지는 다른 누구보다도 뛰어난 정보 제공자가 될 수 있었을 텐데. 아쉽지."

사내의 목소리에서 처음으로 진심 같은 것이 묻어났다.

"애초에 민윤식은 DNA 편집의 부작용에 관한 보고서를 작성했던 전문가 중 하나였네. 나중에 전해 들은 얘기지만 그 해결책으로 종이책을 제시한 것도 그가 다른 멤버들을 설득한 결과라고 하더군. 그렇게 하면 종이책을 살릴 수 있다고 생각한 거겠지. 하지만 정부 방향은 그가 예상한 것과 정반대로 가버렸고, 그때 어떤 배신감을 느꼈을 거야. 따지고 보면 비블리온 세력이 생겨난 것도 비슷한 시점의 일이니까. 자신의 친구와 동료들이 종이책을 가지고 있었다는 이유로 잡혀가고 체포되고 할 때도, 그는 집에 틀어박혀서 아무것도 하지 않았어. 정부는 몇 차례 분서와 체포를 하면서도 그를 마지막까지 그냥 내버려두었고."

"결국 잡아갔잖습니까."

"그래, 그렇게 됐지. 그게 우리의 첫 만남이기도 하고. 다만 정부 입장에서는 시기를 늦춘 게 나름의 배려를 해준 거라는 얘기야. 체포 이후 민윤식은 제4교도소에 수감됐어. 우리로서는 잘 교화해서 전향시키고 싶었지만 그게 잘 안 됐지. 5년도 안 돼서 죽어버렸으니까."

나는 몹시 불편했던 검은 양복과 끊임없이 허기가 졌던 아버지의 장례식을 생각했다. 아무것도 적혀 있지 않은 책처럼 시종일관 무표정했던 목사와 그가 들고 있던 검은 책도. 목사는 소리쳤다. 재는 재로, 먼지는 먼지로.

"그런데 이후 재소자들과 면담을 하는 과정에서 특이한 사실을 하나 알게 됐어. 민윤식과 연결된 또 다른 인물이나 숨겨둔 종이책을 찾아보려고 시작한 조사였는데, 엉뚱한 걸 건졌지. 바로 민윤식 자신이 직접 쓴 책이 있다는 거였어. 복수의 증언이 있었지. 하지만……."

"그걸 찾아낼 수 없었던 거군요."

내가 끼어들자 사내가 반색했다.

"뭔가 알고 있군. 그렇지?"

순간 망설였다. 내가 여기서 그렇다고 말하면 어떻게 될까.

사실대로 말하면 사내는 나를 풀어줄까? 거짓을 말한다면 나는 그걸 어디까지 밀고 갈 수 있을까? 두려운 마음이 들기도 했다. 어머니와 아내의 얼굴이 차례로 떠올랐다. 어머니가 조심하라고 했던 건 이것까지를 뜻하는 거였을까. 아내가 말했던 단어는 뭐였을까. 입을 두 번 벌려, 아, 그리고 닫았다가 바로 다시 아……. 그제야 깨달았다. 가방. 가봐, 가 아니라 가방이었다. 아직 내가 메고 있는 이 가방. 책이 들어 있는 가방.

"뭘 줄 겁니까."

내가 말했다. 각진 사내는 흥미롭다는 듯한 표정을 지어 보였다.

"거래를 하시겠다? 좋아. 자네 아버지가 남긴 책을 찾게 해준다면 우리도 선물을 주지. 자네에겐 아주 특별한 의미가 될 선물."

사내는 귀 옆을 두 번 톡톡 치더니 말했다.

"그거 내 방으로 가지고 와."

55

잠시 후 문이 열리고 위은이 들어왔다. 그녀의 손에는 정사각형 은색 상자가 들려 있었는데, 움직일 때마다 매끄러운 표면에 방 안의 사물들이 왜곡된 모습으로 비쳐 흔들렸다. 사내는 상자를 받아 테이블 위에 내려놓고는 그 앞에 앉았다. 나에게도 앉으라고 손짓을 했지만 나는 고개를 저었다.

"마음대로 하게."

사내는 집게손가락을 구부려 상자를 톡톡 치며 말했다.

"이게 뭘 것 같나?"

뭐가 들어 있을까. 나는 생각했다. 아버지의 유품일까. 쓰던 물건? 입던 옷? 저렇게 말하는 걸 보면 좀 더 충격적인 것일지도 모른다. 어쩌면 신체의 일부, 이를테면 손가락 같은 게 들어 있을지도 모른다. 그러나 일단은 사내가 신나서 설명하도록 두는 편이 더 낫다.

"모르겠습니다."

"그래? 하긴, 쉽게 상상할 수 있는 물건은 아니지."

사내는 의기양양한 미소를 지으며 상자에 손을 가져다 댔다. 그러자 은색 표면이 자동문처럼 저절로 열렸다. 안에는 투명한 유리가 다시 정사각형 모양을 하고 있었는데, 그 속에 뭔가가 들어 있었다. 떠 있는 것 같기도 하고 조금씩 회전하는 것 같기도 한 연분홍 물체. 수많은 벌레들이 몸을 맞댄 채 죽어 있는 듯한 반구. 어떤 단어가 머릿속에 떠올랐다. 그리고 내가 미처 그 단어를 입 밖으로 말하기도 전에 사내가 먼저 말했다.

"처음 보지? 자네 아버지의 뇌는."

나는 침착을 유지하려고 노력했다. 충격적인 광경이었지만, 내가 받은 충격을 그대로 드러내서는 안 된다. 누군가 내 안에서 말하고 있는 것 같았다.

"이게 아버지의 뇌라는 걸 어떻게 믿습니까?"

평정을 유지하려는 시도 때문에 내 목소리에는 높낮이가 없었다.

"DNA가 달리 DNA겠나? 이럴 때 쓰라고 있는 거지. 이 뇌의 주인과 자네 아버지가 동일인이 아닐 확률은 자네가 아버지 친자가 아닐 확률보다 낮을걸."

사내는 유리 표면을 어루만지며 말했다.

"색깔이 참 곱지, 인간의 뇌라는 건. 아, 불법은 아니니까 염려하지 마. 감옥에서 자네 아버지가 연구 목적으로 쓰는 데 동의했거든. 원한다면 동의서를 보여줄 수도 있어. 원래 연구용으로 가치가 있을 것 같아서 보관해놓은 건데, 정작 연구를 진행했던 부서 얘기로는 별 가치가 없다고 하더군. 뇌 주인의 내면을 짐작해볼 수는 있지만 실질적으로 우리 실험 대상자들에게 도움이 될 수는 없다나. 실망스럽게도 말이야. 하지만 적어도 자네한테는 의미가 있지 않겠나?"

나는 장례식을 생각하고 있었다. 그렇다면 우리는 뇌도 없는 시체를 받아 장례를 치렀다는 건가. 어머니와 최 박사는 알고 있었을까. 그때 아무것도 제대로 말해주지 않은 그들이 원망스러웠다.

"자."

사내는 내가 서 있는 쪽으로 상자를 힘껏 밀었다. 테이블과 조금 떨어져 있던 나는 생각보다 빠르게 움직이는 상자를 멈추기 위해 넘어지듯이 허리를 굽혀야만 했다. 상자는 모서리에 한쪽을 걸친 채 내 손가락 사이에서 위태롭게 정지했다. 곧 찢어지는 것 같은 통증이 찾아왔지만, 그보다 더 강렬한 건 눈앞에 보이는 아버지의 뇌였다. 가까이서 본 뇌는 마치 누군가 잘 잘라놓은 단백질 키트처럼 아주 얇고 평평한 수천 개의 조각으로 나뉘어 있었다.

"책은 어디 있나?"

사내가 말했다. 나는 상자를 테이블 위에 제대로 올려놓은 뒤 꿇었던 무릎을 펴고 섰다. 가방에서 책을 꺼내 테이블 위에 놓고 세게 밀었다. 책은 상자보다 더 빠른 속도로 사내에게 도달했다. 사내는 기다렸다는 듯 자연스럽게 아래로 떨어지는 책을 받아 들었다.

"뭐야, 벌써 가지고 있었던 거야?"

사내는 책을 펼쳐 몇 장 넘겨보더니 페이지 너머로 나를 힐끗 쳐다봤다.

"국가론이라. 클래식한 선택이군. 하지만 엄밀히 말해서 이건 민윤식이 쓴 책이 아니잖아? 이게 정말 그가 남긴 책이 맞나?"

나는 그의 눈을 똑바로 바라보며 답했다.

"아버지가 남긴 책은 그것뿐입니다. 내가 아는 한."

사내는 잠시 그대로 나를 응시하다가 다시 책으로 시선을 돌렸다.

"그렇군. 결국 이걸 찾으러 소돔에 간 건가?"

"아내를 따라갔을 뿐입니다."

"그래? 아내를 의심해서 따라갔더니 거기가 아버지의 책이 보관되어 있는 비블리온의 본진이었다, 그런 건가. 뭐, 살다 보면 그런 일이 일어날 수도 있겠지. 덕분에 우리도 종이책 수천 권을 새로 발견했고 말이야. 이 책이 그냥 그중 한 권인지, 아니면 정말 자네 아버지가 남긴 책인지는 모르겠지만……."

사내는 책을 뒤적이다 꽂아두었던 책갈피를 들어 올리며 말했다.

"근데 이건 뭔가?"

대답하려는 순간 핑음과 함께 바닥이 흔들렸다. 유리 밖에서 검은 연기가 피어올랐다. 휘청거리며 벽을 짚고 있던 위은이 사내 쪽으로 달려갔다. 사내는 위은에게 손을 뻗어 저지하며 창 쪽으로 걸어갔다. 뭔가 폭발한 것 같았다. 나도 창가로 가서 상황을 확인해보고 싶었지만 이미 위은이 총을 꺼내 들고 나를 겨누고 있어 움직일 수 없었다.

그때 문이 열렸다.

56

그림자가 보인 것과 위은이 쓰러진 것은 거의 동시였다. 내 앞에서 넘어진 채 문 방향으로 총을 쏘려던 그녀는 곧 두 번째 총알을 맞고 경련했다. 오래지 않아 움직임이 멈추고 몸이 축 늘어졌다. 입과 허리 주변으로 피가 고이기 시작했다. 각진 사내는 놀라울 만큼 천천히 뒤를 돌았다. 문 쪽을 바라보며 누구인지를 확인하려는 것 같았다. 그는 머리를 몇 번 두드리더니 인상을 찡그렸다.

"잘 안 되지? 아마 그럴 거야. 이것 때문에."

목소리의 주인공은 갈로였다. 그는 오른손에 총을 들고, 왼손에는 리버레이터와 비슷한 색깔의 조그마한 장치를 흔들며 나타났다. 그의 옷에는 여기저기 핏자국 같은 얼룩이 묻어 있었다. 각진 사내는 뒷짐을 진 채 억지스러워 보이는 미소를 지으며 말했다.

"개인이 전파 방해 장치를 만드는 건 불법일 텐데."

"너희가 금지 안 하는 게 어딨어? 뭐만 하면 다 금지라지, 지랄."

갈로는 어이없다는 듯 고개를 흔들더니 위은이 쓰러진 자리, 그러니까 나와 각진 사내의 중간까지 성큼성큼 걸어 들어왔다. 그는 위은의 손에서 총을 빼내 나를 보지도 않고 내 쪽으로 던졌다. 나는 엉거주춤한 자세로 총을 받아 들었다. 어머니와 아내에 대해 묻고 싶었지만, 그럴 새도 없이 갈로는 허리 안쪽에 둥글게 말고 있던 벨트 같은 물건을 풀어 바닥에 던졌다.

"거 더럽게 무겁네."

갈로는 주머니에 총을 찔러 넣더니 뒷주머니에서 뭔가를 꺼내 물었다. 구식 담배였다. 그가 왼손에 든 전파 방해 장치의 한쪽 끝을 누르자 조그마한 불꽃이 솟아올랐다. 갈로는 담배에 불을 붙이고 깊게 빨아 마신 다음, 사내 쪽으로 천천히 희뿌연 연기를 내뱉었다.

"실내에선 금연일세."

"알아요, 알아. 나도 안다고. 지금 많이 초조하지? 빨리 경비 병력을 불러서 이놈들을 다 죽여야겠는데 머릿속에 박아놓은 내장형 UDC 칩은 작동을 안 하고. 그렇다고 직접 붙자니 질 것 같고. 근데 가만있으면 이놈들이 뭔가를 저지를 분위기고. 안 그래?"

갈로는 거의 낄낄거리며 말했다. 담배 연기가 더 진하고 독해져서 나는 기침을 몇 번 해야만 했다. 어떻게 그만 여기까지 올라왔을까. 그의 옷에 묻은 얼룩들이 걸렸다. 아내와 어머니는 무사한 걸까? 최 박사는?

"기다려봤자 올 사람 없어. 밖에 있는 놈들은 내가 올라오면서 다 죽였거든. 건물은 온통 하얀데 다들 검은 옷을 입고 있어서 어찌나 눈에 잘 띄는지."

"원하는 게 뭐야?"

"성질 한번 급하시네. 이것만 마저 피우자고."

창백한 막대기에 내장되어 있던 연기가 모두 빠져나와 방 안을 가득 채울 때까지 침묵 속에서 시간이 흘렀다. 이따금 각진 사내는 문득 뭔가가 생각났다는 듯이 머리 한쪽을 두드렸지만, 아무 일도 일어나지 않았다. 그때마다 갈로는 사내를 바라보며 비웃음 같은 미소를 흘렸다.

담배가 그의 손가락 한 마디 길이보다 짧아졌을 때, 갈로가 입을 열었다.

"내가 원하는 게 궁금해?"

사내는 대답하지 않았다. 갈로는 담배를 바닥에 던지고 발로 비벼 껐다.

"내가 원하는 건 죽음이야. 영원한 죽음. 그리고 너희의 실패를 원하지. 아주 잔혹하고 일관적인, 어느 모로 보나 완벽한 실패."

"구체적으로 말해야지. 너무 추상적이잖아."

"죽음이 추상적인가? 그렇지 않아. 죽음은 아주 구체적인 거야. 가령 내가 스위치를 누르면 이 폭탄은 우리 모두와 여기를 날려버릴 거야. 흔적도 없이. 아주 잠깐이면 되지."

갈로는 고갯짓으로 바닥에 놓인 벨트를 가리키며 말을 이었다.

"너희의 실패란 것도 결국 죽음이야. 책의 죽음. 도서관의 죽음. 이 미친 정부의 죽음. 물론 너를 포함해서."

"다 죽이고 없애잔 건가? 그런다고 뭐가 달라지나?"

"최소한 지금과 똑같을 수는 없겠지."

"그건 아무 의미도 없는 테러야. 자네나 내가 죽어도 세상은 조금도 변하지 않을 거라고. 그냥 개죽음에 불과해."

"죽는 데 좋고 나쁜 게 어딨어? 의미 같은 건 없어. 난 그냥 다 죽어버리기를 바랄 뿐이라고."

"자네들이 좋아하는 책은 어쩌고. 이 귀한 책들이 다 사라져

244

도 괜찮나?"

"그게 정부의 방식이지. 이제까지 우리를 휘두르고 지배해
온 방식. 이렇게 소중한 걸 잃어도 괜찮겠냐고 협박하는 거. 공
포와 두려움을 자극하는 거. 너무 일관된 전략이라 이젠 역겨
울 정도야. 한 번쯤은 말할 때가 됐어. 우리도 책 같은 거 필요
없다고. 다 사라져도 된다고. 더 아쉬운 건 너희일걸? 그 잘난
영생 프로젝트를 성공시키시려면 말야. 근데 그거 알아? 너희
가 크게 착각하는 게 있어. 이미 만들어진 책이 우리를 결정하
는 게 아니야. 우리가 만들어내는 책이 우리를 결정하는 거지.
너희는 죽었다 깨나도 모르겠지만."

"그런가."

각진 사내는 살짝 웃으며 몸을 돌리는 듯하더니 갑자기 갈
로 쪽으로 돌진했다. 갈로는 총으로 사내를 겨누려 했지만 사
내가 조금 더 빨랐다. 총은 천장을 향해 발사되었고 두 사람은
넘어졌다. 나는 총을 꺼내 겨눴지만 그들이 엎치락뒤치락하는
통에 발사 버튼을 누를 수가 없었다. 곧 갈로가 두 팔을 직각으
로 해서 사내의 목을 조인 채 힘겹게 일어섰다. 순간적으로 사
내의 모습에 소돔에서의 내가 겹쳤다.

"뭐 해, 빨리 쏴!"

갈로가 나를 보며 소리쳤다. 각진 사내는 고통스러운 표정

을 지었다. 그를 겨누고 있었지만 버튼이 눌러지지 않았다.

"쏘라고!"

그때 문 쪽에서 귀에 익숙한 목소리가 들렸다.

"영아."

버튼을 누르는 순간, 나는 그게 어머니의 목소리라는 걸 깨달았다.

57

총에 맞은 건 갈로였다.

갈로는 허리를 부여잡은 채 욕을 중얼거렸다. 손가락 사이로 다 막아지지 않는 피가 흘러내리고 있었다. 빠져나온 사내는 구겨진 옷을 매만지고 목을 한번 쓰다듬더니, 갈로를 발로차 넘어뜨렸다. 나는 너무 얼떨떨해서 총을 든 채로 문 쪽과 사내를 번갈아 쳐다보며 가만히 서 있는 것 말고는 아무것도 할수 없었다. 내가 잘못 쏜 건지, 아니면 그들이 움직이다가 잘못맞은 건지조차 판단할 수 없는 상태였다. 심장이 미친 듯이 뛰고 총을 든 손이 벌벌 떨렸다. 그사이 문에서는 어머니와 아내가 차례로 모습을 나타냈고, 그 뒤로 최 박사가 들어왔다. 마지막으로 들어와 문을 닫은 건 필이었는데, 그의 손에는 총이 들려 있었다.

"총 내려놔."

필이 나를 겨누며 말했다. 나는 손을 펴서 총을 바닥에 떨어뜨렸다. 그제야 손가락 사이로 느끼지 못하고 있던 통증이 장대비처럼 쏟아졌다.

"자네가 있어서 다행이군."

사내는 필에게 말한 뒤 갈로 쪽으로 걸어가 그가 아직도 왼손에 쥐고 있는 전파 방해 장치를 발로 내리찍었다. 그리고 귀밑에 손을 대고 말했다.

"이제 들리나? 여기로 지원 병력 좀 보내줘야겠어."

갈로는 몸을 옆으로 돌리며 고통스러워했다. 필이 내 쪽으로 어머니와 아내를 밀었다. 최 박사는 안절부절못한 모습으로 필을 따라 사내 가까이로 움직였다.

"어떻게 된 거야."

아내가 내 뒤로 몸을 숨기며 속삭였다. 어머니는 몹시 지쳐 보였다.

"내가 묻고 싶은 말인데."

"갇혀 있던 방에서 갈로가 폭탄을 터뜨렸어. 나한테 뭘 주면서 우리더러 도망치라는데 그럴 수가 있어야지. 막막하기도 하고, 자기도 여기 있고."

"그래서 올라온 거야?"

"아니, 망설이고 있는데 저 사람이 왔어."

아내는 눈짓으로 필을 가리켰다. 필은 여전히 우리를 겨눈
채 사내에게 뭔가를 보고하고 있었다. 최 박사는 그 둘 곁에 어
색하게 서 있었다.

"최 박사님은?"

내가 묻자 아내가 어머니의 눈치를 보며 망설였다. 어머니
는 내 눈길을 피하며 말했다.

"최 박사는 저쪽 사람이야. 우리도 이제 알았어."

"뭐라고요?"

어머니가 고개를 흔들었다.

"이제 정말 뭐가 뭔지 모르겠다. 머리가 너무 아파서……."

어머니가 중심을 잃고 휘청거리는 바람에 아내와 내가 부축
했다. 나는 최 박사를 노려보았다. 그는 죄지은 사람처럼 바닥
으로 시선을 고정한 채 소리 죽여 기침만 했다. 소돔에서 다시
만났을 때 그가 흘렸던 눈물이 떠올랐다. 그 눈물의 의미는 이
런 거였을까? 아직 테이블 위에 올려져 있는 상자에 눈길이 멈
췄다. 잘게 잘라진 뇌. 그건 최 박사의 연구실에서 하는 일이었
다. 뇌를 아주 얇게 잘라서 단면을 모은 다음 이를 고해상도로

스캔한 데이터를 기반으로 뇌의 작동 방식을 밝히는 실험. '당신의 뇌를 기증하세요. 인류의 비밀이 풀립니다.' 기억 속에서 나타난 최 박사의 연구실 광고 문구와 함께 머릿속에서 스위치가 켜졌다. 아버지의 장례식이 끝나고 최 박사와 어머니가 한참 동안 이야기를 나누던 장면. 그 후 오랫동안 나는 그걸 두 사람 사이의 부정의 증거로 생각했는데, 어쩌면 그게 아닐지도 몰랐다. 그는 처음부터 의도적으로 아버지 곁에 머물렀던 정부의 스파이였을까? 어느 순간 약점을 잡혔거나 어떤 계기로 변심한 변절자일까? 아니면 그저 이도 저도 아닌 우유부단한 비겁자에 불과한 걸까? 그를 바라보는 마음이 복잡해졌다. 마지막 질문이 입속에 남았다. 눈앞에 놓여 있는 아버지의 뇌를 자른 사람도 당신인가.

"아직 생각나나? 네 아이 말이야."

갈로의 목소리가 들린 건 그때였다. 그는 상체를 겨우 일으킨 채 바닥에 어정쩡하게 누워 있었다.

"뭐?"

사내의 얼굴이 딱딱하게 굳었다.

"애 얘길 하니까 긴장되나 보군."

"밖에 나가서 확인해봐. 지원 병력 왜 안 오는지."

사내는 필을 바라보며 말을 돌렸다. 필은 고개를 숙이고 밖으로 향했다. 나는 방을 나가기 전 그의 시선이 쓰러진 위은 위로 잠시 머무는 것을 느꼈다.

"고위 공직자 자녀 유괴 사건 말이야. 그거 네 아들 얘기잖아?"

"어디서 주워들은 뉴스로 지껄이지 마. 몇 분 남지 않은 네 목숨이나 생각하라고."

"그거 알아? 네 아들이 나한테 마지막으로 했던 말이 뭔지. 자기 아버지가 누군지 아냐고, 자기가 나가면 나를 살려주겠대. 웃기지 않아? 내가 죽이려고 잡아온 애가, 풀어주면 날 살려주겠다니……."

갈로는 낄낄거렸지만, 신음이 섞여 들어가는 바람에 그의 웃음소리는 거의 우는 것처럼 들렸다. 그저께 아침 지상철에서 들었던 뉴스가 생각났다. 일주일 전 사라진 아이. 소돔에서 발견된 시체.

사내의 표정이 일그러지는가 싶더니 곧 차가운 미소로 바뀌었다. 사내는 테이블로 걸어가 내가 준 책을 집어 들고는 갈로에게 가서 책 끝으로 그의 머리를 내리쳤다. 갈로도 처음 몇 번은 손을 들어 막으려고 했지만 소용없는 일이었다. 그가 열 번도 내리찍기 전에 갈로의 몸이 먼저 축 늘어졌다. 사내는 가쁜 숨을 쉬며 피 묻은 책을 떨어뜨렸다. 뒤집힌 채 펼쳐진 책 밑으로 갈로의 피가 천천히 흘러들었다.

"이제 재판은 필요 없게 됐군."

사내는 보란 듯이 큰 소리로 우리에게 말했다.

"아이는 괜찮아. 또 낳으면 되니까. 이 프로젝트만 완성되면 뭐가 문제겠어? 영원한 시간이 우리에게 주어졌는데. 승자는 늘 시간을 가진 쪽이지. 안 그래?"

아내가 갑자기 입을 열었다.

"하지만 똑같은 아이는 아닐 거예요. 당신도 알고 있잖아요. 결코 같을 수 없다는 거."

"이봐, 끼어들지 말고 가만히 있어. 영원한 시간을 손에 넣은 사람에게 인생은 회전목마 같은 거야. 기다리기만 하면 뭐든 다시 돌아온다고."

"그래도 완전히 똑같은 계절은 돌아오지 않아요. 영원히."

아내는 떨리는 목소리로, 그러나 단호하게 말했다. 사내가 거기 대꾸를 하려는 순간 필이 들어왔다. 필은 잠시 상황을 파악하려는 듯 갈로를 살펴보더니 사내 쪽으로 다가갔다. 귓속 말로 뭔가를 말하자 사내의 표정이 굳어졌다.

"그게 말이 돼?"

"그렇다고 합니다."

"미치겠군. 그럼 여기 이 범죄자들은 어쩌라고?"

"제가 일단 이송해서 데리고 있겠습니다. 저희 쪽에서 조사할 것도 좀 있고."

"그런가."

사내가 자신보다 키가 큰 필을 올려다보았다. 눈을 가늘게 뜨고 뭔가를 생각하는 듯한 표정이었다.

"자네 이름이 뭐라고 했지?"

"필입니다."

"필. 그래, 필이었지. 정보부에서는 아직도 우리 대서수사과를 라이벌로 생각하나?"

"그렇지는 않습니다."

"그래, 그렇다면 다행이군."

사내는 뒤를 도는가 싶더니, 돌연 팔과 다리로 필을 밀쳐 쓰러뜨렸다.

58

"왜 그러십니까?"

갈로 옆에 쓰러진 필이 다급한 목소리로 말했다. 나는 본능적으로 여기서 빠져나가려면 지금이 기회라고 생각했다. 아내가 앞쪽에 떨어진 총에 눈길을 주었고, 나는 아주 조금씩 몸을 움직여 그쪽으로 다가갔다.

"너, 무슨 꿍꿍이야."

사내는 필의 오른쪽 뺨 위에 발을 올려 그를 움직이지 못하게 막고 물었다.

"대체 무슨 말씀이신지……."

"전파 방해 장치를 부쉈는데도 통신이 안 돼. 온다고 했던 지원 병력은 오질 않아. 있는 건 정보부에 속한 너뿐이지. 묘하게 고립되어버렸어. 누워 있는 저 친구가 자네 애인 아니었나? 애인이 죽어 있는데 넌 태연하게 왔다 갔다만 했지. 처음부터 이러려고 우리 요원에게 접근한 건가? 정보를 얻으려고? 그래서 너희가 얻는 게 뭔데? 뭘 하고 싶은 거냐고?"

사내는 감정을 억제하지 못하는 것처럼 보였다. 그의 발에 눌린 필은 얼굴이 완전히 붉게 찌그러져 안쓰러워 보일 정도였다. 어느 정도 가까워졌을 때 나는 재빨리 몸을 숙여 떨어져 있던 총을 집어 들었다.

"그만!"

사내가 말을 멈추고 내 쪽을 돌아봤다. 필은 기회를 놓치지 않고 펼쳐진 책을 집어 사내의 얼굴에 던졌다. 모서리에 눈을 맞은 사내가 얼굴을 감싼 사이 필의 커다란 몸이 순식간에 팅

기듯 일어나 사내의 배를 무릎으로 두 번 가격하고 목을 꺾어 쓰러뜨렸다. 그러고 나서 필은 허리 뒤쪽에서 총을 꺼내 사내의 가슴 위로 두 발을 발사했다.

"고마워, 친구."

모두가 멍하게 사내의 시체를 바라보고 있을 때 필은 내게로 걸어와 내가 들고 있던 총을 가져갔다. 그리고 빈손에 악수를 청했다.

"너……."

"시간이 많지 않아. 일단 이동하자."

필의 말이 끝나기도 전에 사이렌이 울리기 시작했다. 필은 유리창 바깥으로 다가가 붉은 등이 번쩍이는 도서관을 내려다보더니 돌아와 말했다.

"실험실 보안 경보가 대서수사과장의 생체 신호와 자동 연결되어 있어. 아깐 내가 중간에 막았지만, 이제 곧 아래쪽 병력이 올라올 거야. 서둘러."

필은 갈로의 몸을 뒤져 뭔가를 찾아내 주머니에 넣은 다음 자신의 총을 갈로 손에 쥐여주었다. 최 박사는 다리에 힘이 풀린 듯 주저앉았다. 나는 아버지의 뇌가 담긴 상자와 피 묻은 책을 챙겨 가방에 넣었다. 책갈피는 책 사이에 그대로 꽂혀 있었다.

"미안하다."

최 박사가 말했다. 힘겨워하는 그의 표정에는 죽음이 반쯤 묻어 있는 것처럼 보였다. 나는 가방을 메고 그를 부축해 일으켰다.

"일어나세요. 얘기는 나중에."

필이 먼저 방을 빠져나가고 난 다음 아내와 어머니, 나와 최 박사가 뒤를 따랐다.

"어디로 가는 거야?"

내가 묻자 필이 뒤돌아보지 않은 채 대답했다.

"여길 빠져나가야지."

필은 우리를 중앙의 엘리베이터가 아닌 복도 끝 비상구로 안내했다. 두 겹의 두꺼운 철문을 열자 화물을 옮기는 데 쓰일 만한 작은 공간이 나타났다. 거기엔 엘리베이터 대신 정사각형 스테인리스 입구가 세 개 늘어서 있었는데, 먼저 그가 그중 가장 오른쪽 입구에 몸을 넣고 사라졌다. 순식간이었다. 이후 아내, 어머니, 최 박사가 차례로 들어갔다. 내가 들어가려는데 밖에서 첫 번째 철문이 열리는 소리가 들렸다. 급하게 몸을 밀어 넣자 기다렸다는 듯 중력이 나를 아래로 세게 끌어당겼다.

자유낙하에 가까운 속도로 나선형 통로를 통과해 나온 곳은 아까 내린 착륙장이었다. 필은 입구 옆 스크린을 조작하더니 통로 입구와 타워 진입문을 잠가버렸다. 빛나는 도시 위에 떠 있는 것 같은 착륙장에는 우리가 타고 왔던 것과 다른 호버크 래프트 한 대와 비히클 한 대가 서 있었다. 여전히 습한 바람이 불어와 코끝에 부딪혔다.

"자."

필이 돌아서서 우리 쪽을 바라보며 말했다.

"먼저 태워드려."

인기척에 뒤를 돌아보니 어느새 검은 옷을 입은 못 보던 사내와 여인이 우리 뒤에 다가와 있었다. 옷깃에 붉은 실로 무늬가 새겨진 것 말고는 타워 안에서 보던 검은 옷들과 똑같았다. 그들은 최 박사와 어머니, 아내를 데리고 호버크래프트 쪽으로 갔다. 멀어져가면서 아내는 몇 번이나 뒤를 돌아보며 아까처럼 입을 움직였다. 이번에는 나도 그 말을 알아들었다.

"이제 선택의 시간이야."

필이 말했다.

"집에 가고 싶어."

목소리가 갈라져 나왔다.

"갈 수 있지. 어느 쪽으로 갈 건지만 정하면 돼. 아버지가 살던 집이야? 아니면 소돔의 장모님 집이야?"

"아무 곳이나 상관없어. 그냥 여길 벗어나고 싶어."

"저런, 지쳐버렸군. 하지만 그렇다고 아무 데나 가면 안 되지. 선택지를 줄게. 하나는 나를 돕는 쪽이야. 책이라면 이제 정말 지긋지긋하잖아? 너나 나나 아버지들의 잘못된 선택 때문에 이렇게 됐지. 정부에 들어오면 뭐가 다를 줄 알았는데 그렇지도 않았어. 왜냐하면 결국 대서수사과 놈들도 똑같은 생각을 하고 있는 거거든. 훔쳐온 책을 잔뜩 쌓아놓고 실험실이라느니, 내면을 만들어낸다느니 하는 헛소리를 하고 있잖아. 그건 너나 내 아버지가 했던 생각과 똑같은 거야. 새로운 시대가 열렸는데 자기가 속해 있던 이전 세계를 한 발짝도 벗어나지 못한 거지. 이쪽이나 저쪽이나. 그건 정말 아니지 않아?"

필은 이해할 수 없다는 듯 고개를 저었다.

"다행히 내가 속한 정보부에서는 그런 대서수사과를 눈엣가시처럼 여기는 분위기가 있었어. 물론 순수하기만 한 건 아니고. 지금 시스템에서 대서수사과에 집중되어 있는 힘이 마음에 들지 않는 거지. 비밀리에 대서수사과를 통째로 제거할 계획이 만들어졌고, 적임자를 뽑았는데 그게 나였어. 내 입장에선 반가운 거야! 책 따위 싹 없애버릴 수 있는 기회니까. 비블리온이든 정부든 더 이상 책으로 인간들을 현혹하지 못하도록. 그리고 너도 알겠지만 오랜 시간이 걸려서, 이제 그 순간이 정말로 눈앞에 왔어."

필은 주머니에서 작은 스위치 같은 것을 꺼내 흔들었다.

"이게 뭔 줄 알아? 아까 그 터프한 아저씨가 만든 폭탄 기폭 장치야. 그 아저씨, 별걸 다 만들어내는 재주가 있더라고. 덕분에 나도 묻어갈 수 있게 됐어. 이것만 누르면 타워 원의 상층부는 싹 다 날아가는 거야. 특히 실험실 부분이 흔적도 없이 사라지겠지. 이거야말로 진짜 분서 아니겠어?"

뭐가 우스운지 필은 낄낄거렸다.

"너희 아버지는? 안에 있잖아. 대피한 거 확인했어?"

"아버지? 대피했는지 안 했는지 알 게 뭐야. 아까 못 들었어? 아버지를 강제 자수시킨 건 나야. 내가 밀고한 거라고. 그때 이후로 아버지는 진작에 죽었어야 했어. 그러지 못하고 비굴하게 살아남았다는 게 문제지."

"아버지가 죽어도 상관없다는 거야?"

"너야말로 정신 차려. 아버지들을 죽이지 않고 오는 새 세상은 없어."

필은 감정 없는 얼굴로 나를 잠시 바라보더니 말을 이었다.

"선택해. 네가 나를 돕겠다면 넌 나와 같이 갈 수 있어. 내가 널 정보 직종으로 옮겨줄 거고, 폭탄은 아까 그 아저씨가 터뜨린 게 될 거야. 우리 부에서 형식적인 조사는 받겠지만, 타워 원을 공격하려는 비블리온의 음모를 알고 막판에 배신한 캐릭터 정도면 조사관들도 받아들일 거야. 이 정부는 변절자를 환영하니까. 행정 처리에 시간은 좀 걸리겠지만 너희 가족은 불온 계급에서 구제될 거고, 더 좋은 구역에 거주 허가를 받을 수도 있을 거야."

"내가 싫다고 하면?"

"글쎄, 네가 싫어할 제안 같지는 않은데?"

필은 소리 내어 웃었지만 눈은 그렇지 않았다.

"싫다면 이 버튼은 네가 누른 게 돼. 넌 타워 원을 공격한 비블리온의 일원이 될 거고, 우리 부의 끈질긴 추격을 받겠지. 그때 되면 불온 계급으로 지낼 때가 차라리 행복했다는 걸 깨닫게 될걸. 지금 살고 있는 집이나 이사 가려는 아버지 집은커녕 평생 소돔 같은 데서 숨어 지내야 할 거야. 가족들이 불행해지는 건 말할 것도 없겠지."

"얼마나 생각할 수 있어?"

"30초 줄게."

필이 팔짱을 꼈다. 아래쪽에서 도시를 떠돌던 바람이 불어와 필과 나 사이의 공간으로 지나갔다. 생각을 정리해야 했지만 잘 되지가 않았다. 혼란과 불안, 긴장와 압박 속에서 커다란 물음표들만 떠다녔다. 나는 아버지에게 묻고 싶었다. 왜 뇌를 기증하는 문서에 서명했는지. 이게 당신이 바랐던 결말인지. 어머니와 아내에게도 묻고 싶었다. 내가 어떤 선택을 해야 하는지. 당신들이라면 어떻게 할 건지. 책이 불타는 건 이미 어쩔 수 없었다. 내가 불태운 것이 되느냐, 갈로에게 떠넘기느냐의 차이다. 그렇다면 비블리온을 배신하고 나와 내 가족의 미래를 얻는 게 나을까? 아니면 짓지도 않은 죄를 뒤집어쓰고 평생 도망자로 살아가는 게 맞을까?

"이제 10초 남았어."

필이 말했다. 필의 뒤로 타워 원 안쪽에서 한 떼의 무리가 나타나 착륙장 쪽으로 나오려고 했지만, 아까 잠가놓은 문은 열리지 않았다. 나는 가방을 열어보았다. 가방엔 아버지의 뇌가 담긴 상자와 기록부 펜, 그리고 피 묻은 책이 들어 있었다. 그걸 가만히 내려다보다가 어떤 가정이 떠올랐다.

아버지가 아무런 책도 남기지 않았다면.

아버지가 남긴 것은 아버지 자신뿐이라면.

나는 선택했다.

"난 안 갈래."

필은 의외라는 표정을 지었다.

"정말?"

"응."

필은 한동안 침묵했다. 뒤쪽에서는 열리지 않는 문을 열기 위해 기구를 동원하는 것 같았다. 문 안쪽에서 화염방사기 같은 불길이 솟아올랐다. 필은 뒤를 한번 돌아보더니 내게로 다가왔다.

"그래, 마음대로 해. 네가 뭘 하든 난 상관 안 하겠지만, 이제 정말로 새로운 세상이 올 거야. 어디서든 똑똑히 보고 있으라고."

그는 손을 내밀었다. 나도 마지막 악수를 하기 위해 그의 손을 잡으려 했는데, 필은 그 손을 쳐냈다.

"왜?"

"가방에 있는 책. 그 책 줘야지. 한 권도 남겨둬선 안 되니까."

내가 가방을 열자 필은 빼앗듯 책을 꺼내 갔다. 나는 손가락으로 책장 사이에 낀 책갈피를 가리켰다.

"그건 줘. 책 아니잖아."

필은 책갈피를 꺼내 한번 휙 돌려보고는 내 쪽으로 내밀었다.

"저기 있는 호버크래프트를 타. 내 말을 들었으면 나랑 같이 비히클에 타는 건데 아쉽네. 차가 너희를 소돔에 내려줄 거야. 예전에 헤어질 땐 내가 미안했지만, 이번엔 네가 선택한 거야. 내가 널 위해 마지막 호의를 베풀었다는 걸 잊지 마."

나는 잠시 필의 눈을 바라보았다. 그 안에 무엇이 있는지 알고 싶어서였다. 하지만 아무리 들여다보아도 거기엔 아무것도 없었다. 그의 눈동자는 누구도 영원히 채울 수 없는 텅 빈 페이지 같았다.

"그래, 고마워."

나는 책갈피를 받아 들고 뒤돌아섰다. 우리는 서로 다른 방향으로 걸어갔다.

59

착륙장 안쪽에서 한 무리의 사람들이 쏟아져 나온 건 기체가 타워를 벗어난 직후였다. 그들이 서둘러 발사한 광선 몇 발이 호버크래프트를 스쳤지만 비행에 큰 지장을 줄 정도는 아니었다. 잠시 후 엄청난 섬광과 함께 기체를 두드리던 광선이 멈췄다. 커다란 폭발음이 먼저 들렸고 그다음엔 진동이 크래프트를 덮쳤다. 이번에는 기체가 심하게 흔들리면서 기우뚱했다. 사각의 조그마한 창을 통해 보니 타워 원의 상층부 전체가 불타고 있었다. 우리가 날아가는 반대쪽, 타워 원의 뒤편에서 한 무리의 기체들이 나타나 타워 쪽으로 모여들었다. 비히클 하나가 그들 사이로 재빠르게 빠져나가더니 순식간에 점처럼 멀어져갔다. 나는 필의 마지막 말을 떠올렸다. 그의 말대로 정말 새로운 세상이 올까. 호버크래프트 안은 지나치게 고요해서 아직은 무엇도 현실로 느껴지지 않았다. 어머니는 눈을 감고 있었고, 앞자리의 아내는 앞을 보고 있어 표정을 볼 수 없었다. 최 박사는 머리를 떨군 채 아무 말도 하지 않았다. 그들 사이에서 나는 고개를 돌려 더 이상 보이지 않을 때까지 불꽃을 바라보았다.

에필로그

나는 지금 책상에 앉아 있다.

오늘은 통합세기 34년 9월 21일 목요일. 이제 막 자정을 넘어 22일이 되려는 참이다. 약간 서늘한 기운이 있어 다리 위엔 담요를 덮고 있다. 아침부터 머리가 지끈거리고 얼굴에 열이 오르는 걸로 미루어보아 어쩌면 감기에 걸린 건지도 모르겠다.

처음 이 방에 들어왔을 때가 생각난다. 길이라고는 없을 것 같았던 좁은 틈 사이로 들어와 암갈색 철문을 열었었지. 그땐 이곳이 책으로 가득 차 있었다. 바닥부터 천장까지. 아버지의 서재처럼. 그러나 책들이 가득하던 책장에는 이제 아무것도 없다. 텅 비어 있는 책장에선 축축한 나무 썩는 냄새만 홀로그램 유령처럼 떠돈다. 필과 대서수사과 사람들이 가져간 거겠지. 타워 원의 도서관으로. 아니 그들의 실험실로. 하지만 지금은 그것마저도 없다. 실험실은 불타버렸으니까. 불은 모든 것을 삼키고 태우고 지워버리니까.

벌써 1년이 지났고, 우리는 살아남았다. 어머니는 노약자 거주 지역으로 돌아갔다. 아내는 넉 달 전 딸아이를 낳고 휴직을 했다. 아내의 어머니는 여전히 소돔에 산다. 존재하지 않는 사람으로. 최 박사는 요양 병원에서 죽음을 기다린다. 필은 정보부에서 승승장구 중이다.

그리고 나는 죽었다.

정확히는 죽은 사람이 되었다.

타워 원의 반이 폭파된 다음 날 나는 사망자 명단에서 내 이름을 발견했다. UDC로 공식 사망 증명서가 전달되었고 몇 시간 뒤 넷과의 연결이 끊어졌다. 이제 모든 종류의 검색에서 '살아 있는 사람'으로서의 나는 검색되지 않는다. 존재하지 않는 존재가 된 셈이다. 아내의 어머니처럼. 아버지가 남긴 책처럼. 대서수사과처럼.

설명해준 적은 없지만 나는 이게 필의 마지막 배려라고 느낀다. 그는 나를 정부가 벌이는 추격전의 표적이 되는 고통에서 벗어나게 해주었다. 졸지에 타워 원 폭파 사건의 주범으로 영원히 기록되어버리긴 했지만, 그 정도는 괜찮다. 그가 왜 그랬는지는 알 수 없다. 실은 그가 했는지조차 불분명하다. 언젠가 거꾸로 이걸 이용하려는 거라고? 더 큰 그림을 그리는 필의 미끼라고? 그럴지도 모른다. 하지만 적어도 지금으로선 잘 모르겠다.

가끔씩 그날 밤이 생각난다.

타워 원이 불타던 밤.

소돔에 내렸을 때 최 박사는 인사도 없이 가려 했다. 어머니도, 아내도 그를 붙잡지 않았다. 나는 반대쪽으로 멀어져가는 그에게 달려가 어깨를 붙잡고 물었다.

"아버지가 이걸 남긴 이유가 뭡니까? 책은 어딨어요?"

최 박사는 나를 바라보았다. 입술이 다 말라 부르터 있었다.

"그건 이미 너한테 있다."

"펄에게 준 건 아버지가 남긴 책이 아니에요. 내가 그냥 고른 거라고요. 게다가 이미……."

그는 충혈된 눈으로 기침을 했다.

"너한테 있어."

몇 번 더 기침을 하자 최 박사의 목소리는 거의 쉰 것처럼 들렸다.

"뭐라고요?"

"갈로가 남긴 걸 찾아봐라."

그게 그가 남긴 마지막 말이었다.

＊

갈로가 죽기 전에, 그러니까 내가 혼자 실험실 꼭대기 층에서 각진 사내와 있을 때, 갈로는 아내에게 저장 장치를 하나 건넸다. 그건 설계도였다. 3D 프린터를 위한 형상 데이터. 그 안에는 그가 이제껏 만들어온 수많은 무기와 장비가 들어 있었다. 다양한 크기의 폭탄, 리버레이터, 전파 방해 장치, 나노드론과 마스크에 이르기까지. 목록을 하나씩 확인하던 아내는 그중 몇 개를 내게 보여줬다. 한 번도 출력된 기록이 없는 물건들이었다. 이를테면 압착기와 제본기, 인쇄기 같은 것들.

나는 퍼즐을 맞춰보려고 노력했다. 필이 나에게 마지막 결정을 내리라고 했을 때 나는 아버지의 뇌가 담긴 상자를 내려다보고 있었다. 얇게 잘린 수천 개의 뇌 조각들. 그걸 보다가 아버지가 아무런 책도 남기지 않았다는 사실과 아버지가 어떤 책을 남겼다는 사실이 충돌하지 않는 어떤 지점이 있다는 걸 깨달았다. 아버지가 남긴 것이 아버지 자신뿐이라면. 그리고 그것이 책이 될 수 있다면.

뇌 조각은 모두 2,718개. 이마와 평행이 되도록 앞에서 뒤로 잘랐다. 일반적인 뇌 크기로 계산하면 한 장의 두께는 약 58미크론이었다. 아내는 넷에 올라와 있는 정보를 검색해 최 박사의 연구 팀이 뇌를 아교에 몇 달간 담가 딱딱해지게 만든 다음, 시료를 일정한 두께로 자를 수 있는 마이크로톰에 넣어 조각들을 잘라낸다는 사실을 알아냈다. 종이책 한 페이지의 두께는 대략 40에서 80미크론. 종이는 없었지만 재료가 준비된 거나 다름없었다. 나는 아버지가 뇌 기증에 동의한 이유를 짐작할 수 있을 것 같았다. 최 박사의 연구 팀이 아버지의 뇌를 두고 별 가치가 없다고 보고한 것도 어쩌면 의도적인 거였을까?

그다음 필요한 것은 3D 프린터였다. 분명 갈로가 이 모든 무기와 장비를 출력한 프린터가 어딘가 있을 것이다. 소돔에서 다시 만난 아내의 어머니는 내 질문에 우리를 불타오르는 기둥이 있던 작은 방으로 데려갔다. 재는 재로, 먼지는 먼지로. 불이 중요한 게 아니었다. 그녀가 대문자 네 개, A-A-D-D를 순서대로 누르자 기둥 아래서 작은 소리가 나더니 사물함처럼 한쪽 면이 열렸다. 검은색 3D 프린터가 그 안에 들어 있었다. 아내는 환호성을 질렀지만 나는 고개를 저었다.

"하지만 재료가 없습니다. 프린터만 있다고 물건을 찍어낼 수 있는 건 아니잖아요?"

그러자 아내의 어머니, 내 장모, 김지은 씨가 말했다.

"여기엔 없죠. 하지만 밖에는 널려 있어요. 여긴 소돔이니까."

그녀는 웃었다.

"흙 말이에요."

✦

첫 번째 책이 만들어지던 순간을 아직 기억한다.

시험 삼아 아버지의 뇌 조각 300장을 넣고 압착기에서 직사
각형으로 압착한 다음 제본기에 넣어 책의 형태로 만들었다.
종이 한 장 없이 책을 만들었으니 종이책이라고 부를 수는 없
었다. 흙과 뇌. 재료는 뇌였고 기계는 흙이었다. 그건 그냥 책
이었다. 아니, 아버지였다.

✦

막상 책을 만들고 나니 가장 큰 문제는 이 책이 텅 비어 있
다는 점이었다. 나는 빈 책 자체만으로도 의미가 있다고 주장
했지만 아내의 생각은 달랐다. 그녀는 책이 존재하기 위해서
는 읽혀야만 한다고 했다.

처음에는 아내의 시를 실으려고 했다. 그러나 아내는 더 이
상 시가 유효하지 않다고 주장했다. 장모에게 말했더니 장모
는 자신이 쓴 시를 모두 태워버린 지 오래라고 고백했다. 내가

쓴 시는 너 하나면 돼. 장모는 아내를 가리키며 말했다.

아내는 내가 이야기를 써야 한다고 했다.

이제 서사가 시작될 거야. 우리 아기와 함께. 그러니 우리의 이야기를 처음부터 쓰라는 거였다. 나는 반신반의하는 마음으로 자리에 앉아 더듬거리며 이 글을 쓰기 시작했다. 하루 네 시간씩, 한때 아버지가 앉아 있던 이 책상에서.

그러는 사이 아이가 태어났다. 34년 5월 5일 오후 8시 11분. 3.34킬로그램. 딸이었다. 장모가 소개한 산부인과 의사에게 가서 낳았는데, 말투가 익숙하다 싶어 알아보니 그는 일전에 유괴 사건을 다룰 때 뉴스에 나와 정부의 인구정책을 비난하던 사람이었다. 기록을 남기지 않아야 하는 불법 환자인 우리를 의사는 꽤 신경 써주었는데, 나중에서야 그 이유를 알 수 있었다.

"산 자에게는 용기를, 죽은 자에게는 평화를."

우리가 퇴원할 때 의사는 나지막이 말했다. 비블리온은 어디에나 있었다.

어머니는 모든 것이 자신으로부터 시작된 것임을 시인했다. 나에게 열쇠를 준 것도, 아버지의 책상 속에 라틴어 문구를 적어 넣어둔 것도 어머니였다. 내가 정말로 모든 것이 이렇게 될 줄 알았느냐고 물었을 때, 어머니는 얼굴을 붉혔다. 이렇게까지 될 줄은 정말 몰랐어. 미안하다. 아마도 그녀는 내가 이 소용돌이에 휘말린 것, 그리고 끝내 존재하지 않는 사람이 된 것에 대한 원망을 하고 있다고 생각한 모양이었다. 어머니의 생일에 나는 아버지의 뇌 한 조각을 압착해 편 다음 거기에 고맙다는 말을 손으로 적어 전했다. 마치 내가 기록원으로 일하게 됐다는 소식을 전한 날처럼, 어머니는 나를 꼭 안아주었다. 나보다 내 안으로 더 깊숙이 들어온 어머니는 그 상태로 조금 울었다. 어머니에게선 더 이상 기계기름 냄새가 나지 않았다.

✦

　오늘로 이 글을 쓴 지 300일이 넘었다.

　소돔에서의 생활은 생각보다 나쁘지 않다. 철거되기 전 아버지의 집에서 책상과 의자를 건져 왔고, 아내와 함께 아이를 키우며 종종 내 어머니나 아내의 어머니를 만난다. 나의 공식적인 죽음 이후 아내는 계급 조정을 신청해 어머니와 함께 불온 계급에서 벗어났다. 겨우 3급일 뿐이지만 이제 아내는 직업과 거주의 제한에서 자유로워졌고, 다른 여러 측면에서도 불이익을 받지 않게 되었다. 덕분에 휴직 중이지만 동일한 임금을 받을 수 있고, 어머니에겐 기초 연금이 나오기 시작했다. 더

군다나 소돔에는 나름의 경제 시스템이 존재하기 때문에 나 역시 필요하면 그때그때 캐시잡을 구할 수 있다. 유일한 어려움은 식사인데, 입속에서 벌레가 꿈틀거리는 느낌은 1년이 지난 지금도 여전히 적응이 안 된다. 아마 평생 익숙해지지 않을 것 같다.

한 공간에만 있기 답답해지면 이따금 아래로 내려가 지하 통로를 거닌다. 변함없이 거대한 물결을 이루며 흐르고 있는 쥐들을 바라보노라면 기분이 묘해진다. 한때 실험실에서 인간을 위해 살고 고통당하고 죽었으나, 어느 순간 더 이상 필요 없어 버려진 종들. 이따금 한두 마리가 그 물결을 벗어나 지하 통로로 들어온다. 나는 녀석의 생사를 걱정하지만, 곧 걱정할 위치가 아니라는 것을 깨닫는다. 나는 물결 속에 있는 쥐일까? 아니면 운 좋게 (혹은 운 나쁘게) 물결 밖으로 튕겨져 나와 통로 속을 헤매는 쥐일까?

✦

요즘 내가 가장 집중하고 있는 일은 새로 맡게 된 비블리온 일이다. 비블리온 39. 우리가 속한 비블리온의 번호다. 아버지가 만든 비블리온이 정부에 위협적이었던 이유는 아버지가 거기서 책의 보존만이 아니라 생산을 꿈꾸었기 때문이었다. 아버지는 독서가이자 제본가였고, 한 땀 한 땀 손으로 책을 만들려고 했다. 비블리온 39는 갈로를 영입해 각종 기계의 형상 데이터를 만들고 확보하는 데까지는 성공했지만 끝내 책을 만들지는 못했다. 그 이유는 여전히 의문이다. 종이와 펄프를 구하지 못해서였을까? 방해 세력이 있었을까? 새 종이를 구할 수 없다면 여기 쌓여 있던 다른 책들을 사용하면 되지 않았을까? 갈로의 말이 희미하게 떠오른다. 이미 만들어진 책이 우리를 결정하는 게 아니라 우리가 만들어내는 책이 우리를 결정한다. 거기 어딘가에 아버지의 목소리가 섞여 있는 것만 같다.

아버지는 자신이 원하던 곳에 거의 다 왔지만 결국 그곳을 보지 못하고 죽었다. 아니, 정확히는 죽음으로써 도달했다. 이제 나는 아버지 대신 그곳에 들어가려고 한다. 그 과정에서 내 생각과 사고, 신념과 목표를 바꾸어야 했지만 그것쯤은 괜찮다. 지금 이 순간 내가 글을 쓰고 책을 만들고 있다는 사실만이 중요하다.

✦

아이가 운다.

세상에 나온 지 다섯 달도 되지 않은 아이는 무엇을 위해 저렇게 간절히 우는 걸까. 셰익스피어는 말했다. 태어났을 때 우리는 바보들의 무대에 온 것이 슬퍼서 운다고. 이 거대한 바보들의 무대에서 나는 무얼 하려는 걸까. 이 지하 통로의 끝에는 뭐가 있을까. 생각이 많아지면 어김없이 아이가 울기 시작한다. 마치 이제 그만 생각을 멈추고, 지금을 살라고 명령하는 것처럼.

✦

여기 사용하지 못한 책갈피를 끼워둔다.

이 책을 손에 넣었다면 언젠가 필요한 순간이 올 것이다.

사용법: 줄을 잡아당기면 작동한다. 폭발까지는 3초.

✦

하여 이 책을 세상에 내보낸다.

이것이 비블리온 39의 첫 책이자, 비블리온 전체의 마지막 책이 아니기를 간절히 빌면서.

모든 것이 그대로지만 단 하나가 달라졌다. 나는 그것이 나이면서 동시에 당신이기를 바란다. 부디 우리가 서로에게 서로의 다음 페이지가 되기를.

늘 뒤를 조심하라.

비블리온

초판 1쇄 인쇄 2018년 9월 14일 초판 1쇄 발행 2018년 9월 21일

지은이 문지혁
펴낸이 연준혁

출판 1본부 이사 김은주
출판 7분사 분사장 최유연
편집 김소연
디자인 하은혜

펴낸곳 ㈜위즈덤하우스 미디어그룹 출판등록 2000년 5월 23일 제13-1071호
주소 경기도 고양시 일산동구 정발산로 43-20 센트럴프라자 6층
전화 031)936-4000 팩스 031)903-3893 홈페이지 www.wisdomhouse.co.kr

ⓒ 문지혁, 2018

값 13,000원
ISBN 979-11-6220-901-1 03810

국립중앙도서관 출판시도서목록(CIP)

비블리온 / 지은이: 문지혁. — 고양 : 위즈덤하우스
미디어그룹, 2018
p. ; cm
한국출판문화산업진흥원 2018년 우수출판콘텐츠
제작 지원 사업 선정작임
ISBN 979-11-6220-901-1 03810 : ₩13000
한국 현대 소설[韓國現代小說]

813.7-KDC6
895.735-DDC23   CIP2018028699